L'HORLOGE À L'ENVERS

LIVRE UN

Le Diable Noir

L’autrice

Historienne et autrice, **Anne Pouget** a publié à ce jour une cinquantaine de titres, tant pour la jeunesse (romans historiques) que pour les adultes (documents, articles dans des revues spécialisées) ; elle anime des ateliers de recherche et d’écriture, navigue avec plaisir de salons du livre en collèges, pour des rencontres ou des conférences ponctuelles.

8 rue Saint-Marc, 75002 Paris
www.scrineo.fr
Diffusion : Interforum

Directeur éditorial : Jean-Paul Arif
Éditrice : Floria Guihéneuf
Mise en page : Céline Ranger
Correction : Maxime Gillio
ISBN : 978-2-36740-973-3
Dépôt légal : avril 2021

ANNE POUGET

L'HORLOGE À L'ENVERS

LIVRE UN

Le Diable Noir

ScriNeo

I

DANS LES GRIFFES DU DIABLE

La place était remplie de badauds venus assister au procès, et celui d'un juif était toujours la promesse d'un supplice spectaculaire. Confortablement installé sur un siège capitonné de velours, le seigneur de Valdras était, pour l'occasion, juge et partie : juge, car en qualité de comte il avait le droit de justice sur son domaine ; partie, puisqu'il était lui-même victime du méfait dont il était question.

— Pour avoir volé une selle dans mes écuries…

L'accusé se défendit :

— Mais que voulez-vous que je fasse d'une selle ? Je ne possède pas de cheval et je ne suis même jamais monté sur un âne…

La foule gloussa. Le seigneur de Valdras leva la main pour obtenir le silence puis s'adressa aux spectateurs sur un ton moqueur :

— Que ferait-il d'une selle ? Mais la revendre pour en tirer profit, bien évidemment !

De nouveaux rires gras fusèrent de l'assemblée de curieux… S'adressant à l'accusé, le comte feignit une cruelle hésitation :

— Pour ce crime nous allons te condamner... Hum… Laisse-moi réfléchir…

Une voix parvint de la foule :

— Faites-le écarteler !

— Trop rapide ! répondit le seigneur de Valdras, se délectant de la terreur qu'il lisait dans les yeux du condamné.

— Le bûcher ! cria un autre.

— Hum… Trop doux, s'amusa encore le seigneur.

Soudain, sortie de nulle part, une voix rocailleuse couvrit toutes les autres :

— Le pire des supplices pour lui ne serait-il pas de me le céder ?

Les visages se tournèrent spontanément. Un silence, comme sans doute n'en avait-on vécu pareil depuis la création du monde, s'abattit sur l'assemblée. L'homme, tout de noir vêtu et portant un turban en guise de couvre-chef, se tenait d'aplomb sur ses jambes. L'instant de stupéfaction passé, quelqu'un lâcha :

— Le Diable Noir !

À ces mots, le bloc compact de spectateurs s'écarta comme le fit jadis la mer Rouge devant Moïse. L'étranger s'avança vers l'estrade, considérant au passage les yeux qui se baissaient ou se détournaient ; ne disait-on pas que, si par malheur le regard du Diable Noir croisait le vôtre, le mal s'emparait de votre âme ?

Lui-même saisi d'effroi, le comte de Valdras détourna les yeux pour les affermir sur le condamné : qui ne connaissait le Diable Noir, venu d'on ne savait où, vivant sur un terrain déclaré maudit – dit *La Diablerie* – que nul n'osait approcher ? Selon la rumeur on y flairait des odeurs de cadavre, il y surnageait des fumées puant le soufre, on y entendait même des rires diaboliques et, à la nuit tombée, des cris de damnés. Il se racontait que cet homme avait fait un pacte avec le diable contre la faculté de transformer le plomb en or…

Le Diable Noir était parvenu sur le devant de l'estrade d'un pas mesuré. Sans quitter le jeune condamné du regard, il lâcha, à l'adresse du seigneur :

— Ne doutez pas que les tâches que je lui ferai accomplir seront dignes de mille années en enfer. En outre, je vous propose de vous dédommager du prix de la selle !

La foule retint encore son souffle lorsqu'il s'empara de sa bourse et la brandit. Le comte de Valdras hésita, peu enclin à accepter l'argent d'un homme que l'on disait l'associé du diable. Son regard vissé sur le visage du condamné, le seigneur demanda :

— Savez-vous qu'il est juif ? C'est-à-dire un damné ?

La révélation ne sembla pas déstabiliser le Diable Noir, qui répliqua :

— Ma foi ! S'il doit être damné, il aura bien assez le temps de l'être dans l'autre monde, et pour l'éternité. En attendant, il pourra toujours me servir.

Le regard du seigneur revint à la foule, puis se posa sur la bourse que le Diable Noir tenait en main, sans plus la quitter. La sentence tomba :

— Je vous dispense du dédommagement pour la selle et je vous cède le détenu avec cet avertissement : s'il s'avisait de s'échapper ou que vous le libériez sous quelque prétexte que ce soit et qu'il retombait entre nos mains, il serait immédiatement conduit à nous et supplicié sans autre procès.

D'un simple mouvement de tête, et toujours le regard fuyant, le seigneur ordonna la libération du condamné. Le bourreau, même lui, évita la prunelle du Diable Noir. Ce dernier s'approcha du captif, saisit la corde qui tenait les poignets du jeune homme entravés.

— Viens ! Apparemment, ton sort est désormais lié au mien !

À nouveau la foule se fendit dans le silence le plus absolu.

Le Diable Noir, qui avait passé le cordeau par-dessus son épaule, tira son prisonnier comme on le fait avec un bœuf que l'on conduit au marché. Le curieux attelage quitta le bourg, emprunta un chemin à travers bois : la longue marche commençait.

— Comment te nommes-tu ?

— Samuel… Ce qu'on raconte sur vous est-il vrai ? On dit que vous êtes sorcier, alchimiste, jeteur de sorts…

L'homme imprima un mouvement brusque à la corde pour faire taire sa nouvelle recrue et le silence s'installa. Les deux compagnons de voyage franchirent un bois, longèrent une rivière, traversèrent une prairie, sans jamais s'arrêter.

— Quand est-ce qu'on arrive ? J'ai mal aux pieds, soupira Samuel.

— Si je t'avais laissé entre leurs mains, tu ne souffrirais plus des pieds, je peux te l'assurer !

Le ton, sec, fit définitivement taire le jeune prisonnier. Affamé, épuisé par sa captivité, le jeune homme endura le reste du chemin en silence.

II

LIERRE ET LISERON

Les deux compagnons de circonstance arrivèrent à hauteur d'un mur en piteux état, drapé de lierre et de liserons. Le Diable Noir ralentit le pas, s'arrêta devant une lourde porte cochère à la peinture lépreuse, qu'il poussa.

— Vous ne fermez pas à clé ? s'étonna Samuel.

— La rumeur ou les légendes sentent plus sûrement le soufre que le soufre lui-même ! Crois-tu quelqu'un assez fou pour venir se hasarder à *La Diablerie*, même en mon absence ?

Samuel réalisa que, pour la première fois, leurs regards s'étaient croisés. Il ne se passa rien de ce qu'il aurait craint : ni frisson, ni nausée, ni possession soudaine. Peut-être qu'avoir échappé de peu à la mort le protégeait de tout nouveau danger ?

Ils avaient franchi le seuil de la propriété. La puanteur d'une charogne saisit Samuel, qui se protégea le nez.

Ainsi, on disait vrai : le Diable Noir trafiquait au milieu des cadavres !

Comme s'il avait lu dans les pensées du captif, l'homme se contenta de préciser :

— Ce n'est que l'odeur d'un loup crevé !

Le nouveau venu balaya l'endroit d'un regard en biais. Le vaste enclos comprenait une maison principale flanquée d'un appentis et, au fond du terrain, une grange et un abri.

Une chèvre, attachée près du potager, les accueillit par un long bêlement ; quelques poules caquetaient dans leur poulailler.

— Quelle va être ma tâche ? questionna Samuel.

— Tu seras mon *factotum*, c'est-à-dire mon garçon à tout faire… J'exige de toi la plus grande obéissance. Sache que seuls ma maison, la cour et le jardin potager te sont autorisés. Si je te trouvais à fouiner dans la grange ou dans l'abri sans mon autorisation, je te renverrais sans pitié à ton bourreau.

— Comment dois-je vous appeler : « Le Diable Noir » ?

— Hmmm… ça me va pour l'extérieur ; mais ici, appelle-moi Gédéon, car tel est mon nom...

L'homme dégagea les poignets du jeune homme

des liens qui les entravaient puis il arracha la rouelle[1] cousue sur sa poitrine.

— Ici, tout cela n'a plus cours.

Le jeune captif hésita :

— Me demanderez-vous de changer de prénom ?

L'homme lui jeta un regard étonné. Son silence persistant mit Samuel mal à l'aise, qui expliqua :

— On me l'a souvent conseillé... pour ma sécurité... Samuel est un prénom juif...

Le Diable Noir le vrilla d'une prunelle acérée avant de demander :

— Et comment envisagerais-tu de t'appeler ?

Son interlocuteur haussa les épaules, incapable de répondre.

— Ton père te l'a-t-il demandé ? Lui-même a-t-il modifié le sien ?

— Non, jamais. Il m'a toujours dit qu'il fallait être fier de son nom, de ses origines, car elles sont nos racines et la mémoire de notre peuple.

— Eh bien : la réponse de ton père est également la mienne !

D'un coup de menton, il désigna l'abreuvoir près de la porte d'entrée.

---

1. Signe distinctif en forme de roue que devaient porter les Juifs au Moyen Âge, équivalent de l'étoile jaune durant la Seconde Guerre mondiale.

— Tu vas commencer par te décrasser. Viens, suis-moi à l'intérieur que je te donne des vêtements propres.

Ils franchirent le seuil. La cuisine ne semblait accoutumée ni au rangement ni au ménage. Gédéon chercha un couteau dans son bric-à-brac, qu'il posa sur la table.

— Une fois lavé, tu iras ramasser quelques légumes pour la soupe… Tu sais cuisiner j'espère ?

Samuel hésita, haussa les épaules et bredouilla :

— À peu près…

— La marmite est là, dans l'âtre.

L'homme montra le mobilier d'un geste évasif et ajouta :

— Tu profiteras du temps de cuisson de la soupe pour nettoyer tout ça. Il y a de l'eau chaude, là.

Il avait montré du doigt un marmiton suspendu à la crémaillère. Le Diable Noir entraîna ensuite son *factotum* dans la pièce attenante. Le décor était sommaire : un lit, un tabouret qui servait de chevet, un coffre, un bahut sur le plateau duquel la bougie avait répandu des auréoles de cire.

— Ce sera ma chambre ?

— Tu peux rêver ! C'est la mienne…

Il ouvrit une malle, en extrait des vêtements qu'il posa sur les bras de Samuel.

— Allez, va !

Au passage il lui indiqua un escalier de bois.

— Tu pourras t'installer là-haut, sous le toit.

Passant devant une porte close, l'homme s'arrêta et ajouta :

— Au même titre que la grange et l'appentis, cette pièce t'est interdite ! Va à présent et fais ce que je t'ai commandé.

Un peu étourdi, tant par les ordres que les interdictions, Samuel se dirigea vers la sortie.

Armé du pain de savon et d'un seau, il procéda à sa toilette et s'habilla de propre. Après quoi, il se mit en devoir de préparer la soupe.

Le repas sur le feu, et ne voyant pas reparaître le Diable Noir, le jeune homme s'attela au ménage de la cuisine. Pour commencer, il inspecta la vaisselle, qu'il entassa et déposa sur l'herbe près de l'abreuvoir. Il râpa le pain de savon dans un bain d'eau chaude et le malaxa entre ses doigts pour le faire fondre. Ceci fait, il y plongea vaisselle et poêlons crasseux pour les faire tremper. Puis, armé d'un seau d'eau savonneuse et d'une brosse, il lessiva banc et escabeaux, écœuré par le jus épais et brunâtre qu'ils rendaient.

— Pas étonnant que ça sente le rat bouilli là-dedans ! J'aurais mieux fait de me laver après !

Son application fut interrompue par des coups frappés violemment sur le battant de la porte cochère. Existait-il tout de même quelqu'un d'assez fou pour braver la malédiction ? À moins que le seigneur de Valdras n'ait changé d'avis ? Peut-être avait-il envoyé des gens d'armes pour récupérer sa proie ?

Après une hésitation dictée par la peur, Samuel alla ouvrir.

Le visiteur redouté n'était autre qu'une jeune fille, mal fagotée et les cheveux défaits. Elle annonça sans saluer :

— J'habite sur l'autre versant de la colline. Ma sœur a disparu. Vous ne l'auriez pas vue par hasard ? Elle a quinze ans, est grande comme ça (elle plaça une main au-dessus de sa tête), elle est châtain clair comme moi et elle a les yeux noirs.

— Je n'en sais rien, je viens d'arriver, s'excusa Samuel.

Les yeux bleus, où un bref instant avait brillé quelque espoir, se teintèrent de lassitude. Tête basse, la jeune fille alla son chemin et Samuel s'en retourna à sa corvée.

Après avoir récuré la vaisselle à l'aide d'une brosse dure – et souvent à la lame d'un couteau –, le nouveau commis des lieux aligna pots et marmites au soleil pour les faire égoutter. Ceci accompli, il alla surveiller la cuisson de la soupe.

Une porte s'ouvrit sur Gédéon, qui jeta un regard admiratif autour de lui :

— Cet endroit étincelle ! Et la soupe sent bon ! Vraiment, je ne regrette pas de t'avoir récupéré ! Au fait, qui osait s'aventurer à frapper ?

Samuel relaya le message de la jeune inconnue tout en posant une écuelle sur la table. Gédéon coupa deux larges tranches de pain et arbora une mine étonnée.

— Tu n'as mis qu'une assiette ? L'un de nous deux ne mangerait-il pas ?

— C'est que… Un commis ne peut s'assoir à la table du maître, balbutia le jeune homme.

Le Diable Noir chercha une autre écuelle, qu'il posa face à la sienne, et y fit valser la deuxième tranche de pain.

— Assieds-toi là !

Affamée, la nouvelle recrue ne se fit pas prier et mangea en silence, observant son nouveau maître du coin de l'œil. Tout en cet homme respirait le calme : son phrasé sans agressivité, sa démarche lente, et son visage, qui ne reflétait aucune émotion particulière. Sa peau, aussi sombre que ses prunelles, contrastait avec des dents très blanches.

Repu, Samuel retrouva l'usage de la parole et risqua :

— Pourquoi m'avoir sauvé la vie aujourd'hui ?

L'homme lui jeta un regard grave.

— Pour commencer parce que je n'aime pas l'injustice… (Il se reprit et adopta un ton plus enjoué :) Ensuite, tu tombes à point nommé car j'avais besoin d'une aide ! Regarde comme tu as briqué cette cuisine !

Samuel ignora le compliment.

— Me croyez-vous coupable d'avoir volé cette selle ?

Le Diable Noir haussa les épaules d'un geste désabusé.

— Si on avait dû me pendre pour tous les crimes dont on m'accuse et que je n'ai pas commis… « Qui bon chien veut tuer l'accuse d'avoir la rage »[2], c'est bien connu !

— Merci de m'avoir sauvé, murmura simplement Samuel.

Les yeux du Diable Noir, posés sur lui, semblaient le brûler.

— Ne me remercie pas, je passais là par hasard. Un jour plus tôt ou un après-midi plus tard et le sort t'emportait. C'est ce qu'on nomme le Destin. Tu as eu de la chance, c'est tout.

— Mais vous auriez pu passer votre chemin, ou rester muet dans la foule, insista le jeune homme.

---

2. « Qui bon chien veut tuer, la raige li met seure. » Proverbe du XIIIe siècle, devenu « Qui veut noyer son chien l'accuse de la rage », rendu célèbre par Molière dans *Les Femmes savantes*.

— C'est vrai ! Mais quand on porte soi-même un poids immense sur les épaules, celui des préjugés et de l'injustice qui en découle… Vois-tu, je suis Noir. (Il reprit le ton de la plaisanterie :) Mais ça, tu l'avais peut-être déjà remarqué. (Il redevint sérieux :) Comme toi, j'ai vécu les moqueries, les coups, l'arbitraire. Le Noir est synonyme de diable, d'où le nom dont on m'a affublé… T'a-t-on donné un sobriquet ?

Samuel se contenta de hocher lamentablement la tête mais s'abstint de répéter les insultes qu'il avalait comme des couleuvres depuis son enfance.

L'homme face à lui sembla l'avoir compris car il conclut :

— Toi comme moi devons apprendre à vivre avec ça : courber le dos, nous taire, ne jamais provoquer, raser les murs, admettre que de nombreuses portes nous seront définitivement fermées. Dans ma malchance, j'ai la chance de faire peur, ce qui tient les gens éloignés. Voilà sans doute ma force nécessaire !

L'homme se leva, signe que la conversation était terminée. Samuel débarrassa la table et s'enquit de sa prochaine corvée.

Le Diable Noir attrapa un pot vide, qu'il posa devant lui.

— Je veux que tu attrapes trois mouches.

La demande était à ce point incongrue que Samuel ânonna :

— Trois mouches ?

— Tu as bien compris alors ne me fais pas répéter. Et je les veux vivantes, entières et en bon état !

Le commis bougonna mais, lisant dans le regard de son nouveau maître qu'il valait mieux ne pas protester, il s'exécuta…

III

LES MOUCHES

Samuel avait eu beau s'épuiser, il n'était pas parvenu à attraper une seule et maudite mouche ! Sa patience étant arrivée à bout, il alla frapper furieusement à la porte de l'antre où était enfermé Gédéon. Celui-ci entrebâilla bientôt le battant, y passa la tête et attendit le reproche annoncé.

— Que vous me demandiez de ranger votre maison, faire la cuisine, laver votre linge, soit ! Mais un travail aussi inutile que courir après des mouches, ça non ! Je le refuse !

Le calme de Gédéon n'en fut pas troublé pour autant et il répondit avec nonchalance :

— Ma foi, je ne te retiens nullement prisonnier ! Tu es libre de partir et tu connais la sortie !

Samuel fixa la prunelle insondable du Diable Noir en lâchant de mauvaise grâce :

— Quelle cruauté ! Vous savez que dehors je n'ai aucune chance. Si on m'attrape...

— Alors, mon cher, tu te trouves devant un sérieux dilemme : ou courir vers ta mort, là au-dehors, ou vivre caché pour le restant de tes jours, ou attraper trois malheureuses mouches.

Le flegme du Diable Noir n'en irrita Samuel que davantage.

— Que cherchez-vous à faire ? À m'humilier ?

— T'humilier ! Que de grands mots ! Apprends une chose, mon ami : sur son chemin de vie, chacun ne rencontre jamais personne par hasard !

— Je ne vois pas à quoi me sert notre rencontre pour l'heure...

L'autre lui coupa la parole :

— Nous pouvons peut-être en conclure qu'elle est au moins déjà utile à deux choses : toi, à réaliser que tu ne sais pas attraper une mouche, et moi à comprendre qu'il me faudra t'enseigner la patience.

Sans donner à Samuel le loisir de répondre, l'homme glissa hors de son officine et entraîna le jeune impatient dans la cour.

— Connais-tu Pline ?

— Je ne l'ai jamais rencontré, non...

La remarque fit sourire Gédéon.

— Tu ne risques pas, il est mort depuis fort longtemps ! C'est un savant italien de l'Antiquité qui a beaucoup observé les mouches. Il leur a d'ailleurs consacré de nombreux écrits...

— Il avait bien du temps à perdre pour des insectes aussi insignifiants !

— Si tu le dis ! En attendant, lui, il n'avait aucune difficulté à en attraper une !

Le ton de Samuel se fit ironique :

— Quel charmant passe-temps ! Il devait bien s'ennuyer, votre spécialiste ! Et comment faisait-il ?

Gédéon repéra la première mouche venue et, d'un geste rapide, la happa. Il présenta la main fermée à Samuel avant de l'ouvrir, paume vers le ciel, laissant l'insecte s'échapper de sa prison éphémère en s'exclamant :

— Comme ça ! Grâce à un peu de jugeote, ce qui semble cruellement te manquer pour l'heure... Viens, allons nous assoir à l'ombre...

Lorsqu'ils furent installés sur la dalle fraîche du perron, Gédéon expliqua :

— Vois-tu, le cerveau de la mouche, tout petit qu'il est, est plus élaboré que le tien et le mien réunis : non seulement elle voit tout grâce à des yeux que je lui envie, mais elle sent le moindre courant d'air, la moindre chaleur, la moindre odeur ! Autre avantage sur nous :

la mouche est dotée d'antennes pour mesurer la vitesse du vent. Lorsqu'un danger survient, comme un grand nigaud qui voudrait l'attraper, non seulement elle l'a repéré, mais elle est capable de préparer l'évitement et de se projeter loin du danger, un peu comme si elle était propulsée par des ressorts. Imagine simplement que ton mouvement de main pour la saisir produit sur elle une poussée d'air aussi violente qu'une bourrasque.

L'étonnement avait remplacé la colère chez le jeune impatient.

— Mais vous l'avez attrapée du premier coup ?

— Parce que j'ai anticipé. Je n'ai pas visé l'endroit où elle était posée, mais j'ai mesuré sa trajectoire d'envol, un peu plus loin…

Une mouche se posa sur le pied de Samuel. Il tenta sa chance, sans résultat.

— Retiens cette leçon : il ne faut jamais mésestimer ce qui semble « insignifiant » à première vue. Rien ne l'est, tout a un sens.

Ne voulant pas s'avouer vaincu, Samuel essaya encore, et encore… Lorsqu'enfin il réussit à attraper une mouche, il s'extasia crânement.

— Eh bien voilà ! Tu te coucheras moins idiot ce soir, non ? À présent, fais ce que je t'ai demandé, conclut Gédéon.

— Mais j'en ai attrapé une ! Ça ne suffit pas ?

L'homme prit appui sur la cuisse de son compagnon pour s'aider à se relever.

— J'en ai demandé trois !

Il abandonna là son jeune apprenti, traversa la cuisine et retourna s'enfermer dans la pièce mystérieuse sans autre discours. Samuel, qui croyait pouvoir passer à autre chose, récupéra le pot à contrecœur, s'interrogeant sur l'utilité de cette requête… Pour couronner le tout, il avait laissé la mouche s'échapper et il lui fallait repartir de zéro. Il pesta de colère de devoir exécuter une tâche aussi éprouvante qu'inutile. Il se donnait l'impression d'être un enfant puni auquel on aurait demandé de compter les poissons dans la rivière. Tant qu'à faire, il visa une grosse mouche au dos bleuté. Avec concentration, il réussit à l'attraper. Mais l'animal se débattit dans la main qui la retenait prisonnière et, finalement, eut gain de cause. Elle se posa à peine plus loin.

— Tu peux me narguer, sale bestiole, mais il n'est pas dit que tu auras le dernier mot ! siffla Samuel.

Ayant à l'esprit l'effet de « bourrasque », il s'approcha avec une lenteur mesurée. Calmement, il souleva le pot et visa sa proie. D'un geste brusque, il acheva son mouvement et recouvrit la mouche du pot. Il poussa un petit cri de victoire.

— Je t'ai eue !

Samuel réfléchit : s'il retournait le pot ou le manipulait, il risquait de perdre son précieux butin. Ainsi alla-t-il chercher un autre récipient et procéda-t-il de la même manière.

Les trois mouches prisonnières, Samuel alla chercher trois lames larges, qu'il fit glisser sous chaque godet en guise d'obturateur. Il revint, soulagé, fit glisser un à un les pots sur la table puis frappa au battant pour claironner sa conquête.

— C'est bien ! À présent, tu peux aller nettoyer là-haut et t'y installer à ta guise, répondit simplement le Diable Noir, sans toutefois se montrer.

IV

LE GARDIEN DES MOUCHES

Muni d'un balai, d'un seau rempli d'eau et d'une brosse, Samuel nettoya l'espace sous le toit. Dans ce qui serait désormais son univers, il installa une paillasse, un tabouret bancal et une caisse, reconquis dans le bric-à-brac du grenier.

— Pour le moment, je n'ai pas grand-chose à ranger, conclut-il avec humour.

Son aménagement terminé, le jeune homme descendit l'échelle. Gédéon étant toujours cloîtré dans son repaire, Samuel sortit et, pour tuer son ennui, entreprit de laver les vêtements sales qu'il portait en arrivant. Sa lessive faite et sa chemise étendue, il s'installa sur le billot destiné à débiter les bûches. Son regard, qui vagabondait au gré de ses pensées, s'immobilisa sur la porte de la grange. Une idée le tarauda : pourquoi l'interdiction d'y entrer ? Quel secret pouvait bien cacher ce local ?

Dévoré peu à peu par la curiosité, Samuel alla s'assurer que son maître était toujours barricadé dans son officine avant de revenir vers la grange. Il posa l'oreille contre la paroi et écouta : aucun bruit. Après un dernier coup d'œil à l'entrée de la maison, le curieux crocheta la serrure. Le loquet céda sans peine et Samuel se glissa à l'intérieur. Il attendit que sa vue s'accommode à la pénombre.

Ce qu'il découvrit le laissa sans voix : dans des cagettes grillagées grouillaient des insectes de toutes sortes… La surprise, autant que le dégoût, arracha à l'intrus un cri de panique. Prenant ses jambes à son cou, il se précipita vers l'extérieur, rabattit violemment la porte sur laquelle il s'adossa pour reprendre son souffle. Alors, alors seulement il vit Gédéon, debout sur le seuil de la maison… Sa désobéissance était constatée…

La sentence s'approcha de Samuel au rythme lent du pas du Diable Noir ; le jeune coupable n'en doutait pas, il allait être rendu à la justice du seigneur de Valdras.

Contre toute attente, la réaction de Gédéon ne fut pas celle redoutée.

— Où sont les mouches que je t'ai demandé d'attraper ? demanda simplement l'homme.

Honteux, le regard fuyant, Samuel alla récupérer les pots laissés sur la table de la cuisine et revint sur ses pas. Le Diable Noir se saisit de l'un des récipients, souleva le couvercle et libéra la prisonnière. Puis il fit de même avec les deux autres. Ravalant son humiliation, Samuel se garda bien de protester.

— À présent, va chercher un morceau de viande dans le garde-manger ; de la grandeur d'un dé, cela suffira.

Tête basse, la moue coupable, Samuel fit ce qu'on lui ordonnait.

Gédéon se saisit du morceau de chair et le posa en plein soleil.

— Tu vas t'assoir à côté et observer...

Samuel laissa libre cours à son désarroi :

— J'ai mal fait, je le sais, mais est-ce une raison pour m'humilier de la sorte ? Dites-moi à quoi tout cela va me servir ? Autant me livrer directement à mon bourreau. Vous êtes finalement aussi cruel que lui à jouer avec ma peur !

Rien ne semblait troubler le Diable Noir, qui reprit avec la même constance :

— Tu vas t'assoir là, près de ce morceau de viande et tu vas l'observer sans le quitter des yeux un seul instant ! Étant précisé que je ne te demande plus d'attraper des mouches mais de rester concentré sur ce que tu verras !

Rongeant son frein, Samuel n'eut d'autre choix que de s'installer sur le sol et, sans avoir la moindre idée de ce que l'on attendait de lui, il obtempéra.

Son nouveau maître reparut plus tard, un godet d'eau à la main ; il le tendit au jeune homme.

— Alors ?

Samuel se désaltéra puis bougonna de mauvaise grâce :

— Plusieurs mouches sont venues se poser sur la viande, elles ont pondu des œufs… C'est tout.

Gédéon afficha un air singulièrement satisfait et, s'étant assis sur un billot, expliqua sans colère :

— Ces mouches vertes à reflets dorés, on les appelle communément « mouches à viande ». Elles sont attirées par les aliments pourrissants comme le fromage, la chair d'animal, les épluchures de légumes ou les fruits avariés. Dix minutes à une heure plus tard, selon la température qu'il fait, elles y pondent leurs œufs. Ces petits œufs, comme ceux que tu as observés, vont se nourrir de la chair où ils ont été posés et se transformer en asticots. Comme ils s'alimentent de toute matière en décomposition, ils nettoient la nature. Conclusion ?

— Les mouches sont utiles au cycle de la vie ? hasarda Samuel.

— Bien ! À présent que tu as compris ta mission, te voilà promu gardien des mouches et des asticots ! Ça suffira pour aujourd'hui.

— Vous n'allez pas me livrer au seigneur de Valdras, alors ?

Le Diable Noir joua l'indifférent :

— Pour quoi faire ? Tu m'es plus utile vivant que mort. Allez viens ! J'ai faim !

Au moins provisoirement rassuré sur son sort, Samuel suivit cet homme bien énigmatique : fallait-il en effet être excentrique, ou fou, pour s'intéresser à la vie des mouches !

V

LA LENTE MARCHE DES INSECTES

Le jour se levait à peine. Gédéon et Samuel n'étaient pas encore vêtus que l'on tambourina à la porte. Après un échange de regards étonnés, le jeune homme alla ouvrir.

C'était encore la fille de la veille. Elle répéta la question qu'elle avait dû rabâcher cent fois à qui voulait l'entendre :

— Vous n'auriez pas vu ma sœur ? Elle n'est pas rentrée à la maison depuis deux nuits maintenant !

Samuel haussa les épaules faute de pouvoir fournir une réponse satisfaisante, puis referma le lourd battant et regagna la cuisine où l'attendait une tranche de pain arrosée de lait de chèvre.

— Ne croyez-vous pas qu'il serait plus utile que j'aide cette pauvresse à chercher sa sœur plutôt que de compter les mouches ?

— Ne te mêle pas de la vie des autres, ça n'attire que des ennuis. Rappelle-toi ce que tu es à l'extérieur de ces murs.

Samuel dut admettre que sur ce point au moins, son protecteur avait raison. Il changea de sujet et souffla de déplaisir :

— Quelle tâche m'avez-vous assignée aujourd'hui ?

La réponse se traduisit par une interrogation :

— Comment estimes-tu le temps qui passe ?

Samuel fit une moue singulière et lâcha :

— Comme tout le monde : je me lève avec le soleil, je me couche avec lui et, entre les deux, j'interroge le ciel.

— Tu « interroges le ciel », répéta le Diable Noir en hochant la tête d'un air peu convaincu.

Puis il demanda encore :

— Et ça te suffit ?

Samuel se contenta de hausser les épaules comme si la question était dénuée de sens. Bien sûr que ça lui suffisait !

Gédéon le fixa un long moment en silence puis se leva et alla ouvrir la porte d'un cellier. Il en sortit un amoncellement de tuiles d'ardoise et une craie, dont il se débarrassa d'un bloc sur la table. Un deuxième voyage jusqu'au cellier et il en rapporta un coffret, qu'il plaça devant son novice. Avec précaution, il en extrait un objet étrange, constitué d'un socle sur lequel étaient fixées deux ampoules de verre reliées entre elles par un petit tuyau[3]. Lisant l'étonnement dans le regard de Samuel il expliqua :

— Ceci est une invention récente, que l'on nomme « sablier » et qui permet de mesurer le temps. (Il retourna l'ampoulette.) Le sable s'écoule du globe de verre qui se trouve en haut vers celui du bas par ce petit tuyau. Lorsque l'ampoulette du haut s'est vidée, tu retournes l'objet ainsi (il joignit le geste à la parole) et tu recommences. Il se passe exactement le même délai puisque la quantité de sable ne varie jamais. C'est donc un moyen plus fiable de compter le temps que « d'interroger le ciel » comme tu dis. Je te le prête pour ta prochaine expérience mais attention ! Cet instrument est plus précieux que ta vie car fort rare et coûteux. Si tu le brises, je te rends sans pitié à tes bourreaux.

Inutile d'en dire davantage ! Intrigué par cette nouveauté, Samuel demanda ce qu'il aurait à mesurer.

Gédéon entraîna le jeune homme jusqu'à la grange. Il en ouvrit les battants pour laisser entrer le jour, puis se posta devant l'une des cages.

---

3. Ancêtre du sablier tel que nous le connaissons, plus rudimentaire à ses débuts.

— Voici plusieurs variétés d'insectes. Tu vas mesurer la vitesse de marche pour chacun d'eux.

Samuel dévisagea le Diable Noir comme si l'homme qui se tenait devant lui avait perdu la raison.

— Vous plaisantez, j'espère ?

— Ai-je une tête à divertir le public les jours de foire ? Nul doute que non !

Gédéon le planta là sans autre discours.

Resté seul, Samuel grommela son déplaisir en considérant la confusion d'insectes dans les caisses... Ça bougeait, ça grouillait, ça frappait des pattes à en donner le tournis. Le Diable Noir le prenait-il vraiment pour un âne à lui confier des tâches aussi inutiles qu'absurdes ? À quoi cela lui servirait-il ? Et surtout, comment relever le défi ?

*

À l'issue de la journée, Samuel déposa le sablier sur la table de la cuisine avec la même délicatesse que s'il installait un nouveau-né dans son berceau. Puis il alla chercher les tuiles d'ardoise qu'il étala l'une à côté de l'autre avant d'appeler son maître. Celui-ci parut, croquant une pomme, et consulta les signes tracés à la craie. Samuel se justifia :

— Comme je ne sais pas écrire, j'ai dessiné les insectes que j'ai étudiés, un par ardoise. J'espère qu'ils sont reconnaissables… Étant donné qu'il est impossible de faire le calcul que vous m'avez demandé sur des animaux en cage, parce ça va en tous sens sans vous demander votre avis, j'ai eu l'idée de les faire concourir en ligne droite…

Il hésita à développer son idée absurde mais, voyant l'intérêt que lui portait Gédéon, il poursuivit son explication par un trait à la craie sur le plateau de la table. Il s'excusa au passage :

— Ne vous inquiétez pas, je nettoierai…

Encore un moment d'hésitation et il se lança :

— J'ai tracé une ligne A de départ sur le sol. Partant de là, j'ai fait cinq pas. Là j'ai tiré une ligne B d'arrivée. Sur la ligne B, j'ai posé le morceau de viande qui traînait encore au soleil. Sur la ligne A de départ, j'ai placé un seul insecte d'une seule variété et, à l'aide du sablier, j'ai calculé le temps que celui-ci a mis pour rejoindre la chair. À chaque ampoulette retournée, j'ai tracé un trait sur l'ardoise. Puis j'ai fait la même chose avec chaque insecte différent, à tour de rôle.

Un sourire apparut sur les lèvres de Gédéon, qui se contenta d'un simple :

— Je te félicite pour ta perspicacité ! Et quel est le plus rapide ?

— Le mille-pattes ! Mais le cafard court très vite aussi, s'exclama Samuel, ravi qu'on lui prête attention.

L'homme récupéra le sablier et le rangea ; puis il empila les ardoises, s'en saisit et disparut dans son officine.

Samuel se sentait fier de ce qu'il avait accompli même s'il n'en saisissait pas l'utilité. Mais à quoi bon parler à un fou ? Il valait mieux pour lui voir des insectes courir vers un bout de viande défraîchie que de finir sur le bûcher… Et puis, jouer avec le sablier avait été une bien belle expérience !

VI

LE HURLEMENT D'UN LOUP

Samuel s'approcha de la pièce défendue où s'enfermait chaque jour le Diable Noir. Il colla l'oreille contre le battant clos : on n'entendait que le cliquetis des ardoises que l'on manipule. N'ayant d'autre corvée en vue pour l'heure, il sortit de la maison et explora les lieux. Un portillon, au bout de la petite propriété, donnait sur ce qui avait été un chemin, à présent mangé par les ronces et les orties. Plus avant, deux carrés de jardin offraient leurs richesses : l'un, comme tout potager des pauvres, alignait des légumes à racines : rave, navet, chou, radis, panais, ail, oignon et betterave. L'autre contenait les herbes médicinales : thym, menthe, rue, hysope ou sauge. Qui ne connaissait le dicton : « Qui a de la sauge dans son jardin, n'a pas besoin de médecin » ?

Samuel arracha une feuille de menthe poivrée de sa tige et, comme un rituel, la froissa entre ses doigts.

Une bouffée de tristesse l'envahit au rappel du temps où sa mère en répandait sur le sol de la cuisine pour purifier l'air. Son frère et lui prenaient alors à cœur de s'installer en tailleur et de frotter les feuilles parfumées entre leurs mains pour en raviver la senteur.

La chèvre vint chercher sa compagnie et le jeune homme lui tapota le dos en lâchant :

— Je te trouve bien plus sympathique que mon hôte, et sûrement plus sensée que lui !

— Je vois que tu discutes avec Galatée ?

Samuel sursauta. Pourvu que Gédéon n'ait pas entendu la moquerie ! En tout cas, l'intéressé n'en laissa rien paraître et confia :

— Je suis très satisfait de ton travail. Viens, suis-moi !

L'homme entraîna Samuel, ramassa une tige de bois et, après avoir brossé le sol à l'aide du pied, il traça un trait sur la terre.

— Ah non ! Pas une nouvelle course d'insectes ! se lamenta Samuel.

Gédéon suspendit son geste et fixa calmement son aide en demandant :

— T'arrive-t-il de réfléchir ou d'observer avant de tirer des conclusions hâtives ? T'arrive-t-il d'écouter ce que les gens ont à te dire avant de répliquer sans même savoir ce qu'ils ont à te dire ? Car non, il ne s'agit plus de faire courir des insectes.

Il tapota le sol à l'aide de sa tige et en vint au fait :

— Sur la table tu as indiqué le point A et le point B à la craie, mais j'ai noté que tu les avais marqués d'une croix. J'en ai déduit que tu ne sais pas lire. Ainsi, voici ta première leçon : ceci est un A… et ceci un B.

La baguette changea de main et la répétition commença. L'intérêt de l'élève, d'abord amusé, céda peu à peu la place à la contrariété. Au point qu'il jeta sa baguette en pestant :

— Si je mets autant de temps à tracer un seul A, un seul B, combien d'années me faudra-t-il pour savoir composer des mots entiers, puis des phrases ? Et puis à quoi cela me servira-t-il ? Je m'en suis bien passé jusqu'à présent !

— À quoi peuvent servir les choses que nous apprenons chaque jour, en effet.

— Ça, en tout cas, c'est inutile puisque je me passe de ne savoir ni lire ni écrire !

L'impatience de son jeune apprenti ne perturba nullement Gédéon.

— Si tu veux rester un âne toute ta vie, alors soit ! Dans ce cas, je vais plutôt t'apprendre à braire et à brouter des chardons… Faisons un pacte : si tu n'es pas en mesure de reconnaître et de tracer correctement quatre lettres de l'alphabet par jour, tu ne t'assiéras pas à table ; je t'attacherai avec Galatée et tu pourras te nourrir d'herbe comme un mulet. Et si cela ne te convenait pas, tu connais la sortie.

Soufflant comme un bœuf après l'effort, Samuel ramassa la baguette et se mit à l'œuvre : non par intérêt soudain, mais pour mériter son repas du soir ! Gédéon le laissa seul.

L'élève revêche se lassa vite.

— Au diable l'écriture ! bougonna-t-il.

Il balaya l'alentour d'un regard contrarié. L'abri fermé à clé le titilla au même titre que la grange interdite. La curiosité l'emportant assurément toujours chez lui, Samuel décida d'aller y voir de plus près. En examinant le cadenas, en reniflant à travers les planches disjointes – quelle puanteur de cadavre ! –, Samuel imagina le pire : et si c'était le corps de celui qui l'avait précédé en ces lieux ? Le Diable Noir s'en serait-il débarrassé car il lui avait déplu ? Ou alors l'avait-il sacrifié à un dieu mystérieux, voire au diable ? Ne disait-on pas de cet homme qu'il était ensorceleur et qu'il pratiquait des rites inconnus en terre chrétienne ?

Samuel réfléchit : après tout, la punition de la veille n'avait pas été si terrible ! Et n'était-il pas rentré dans les bonnes grâces du Diable Noir par son travail satisfaisant sur les insectes ? Déterminé, il revint dans la cuisine, y chercha un couteau et se dirigea vers l'endroit interdit pour crocheter la serrure. Le loquet finit par céder et la porte s'ouvrit sur un cadavre, gisant à même le sol, dans un grouillement confus d'insectes ; surpris par la lumière soudaine, le bataillon s'éparpilla en désordre.

— Qu'as-tu fait là, malheureux !

Samuel réalisa que la voix était réelle, qu'il s'agissait de celle du Diable Noir. Il hésita, puis se retourna sur le pire : Gédéon se tenait derrière lui et, pour la première fois depuis leur rencontre, son visage affichait un réel mécontentement. Pire, il était furieux.

— Je t'avais pourtant interdit d'entrer là où tu n'y es pas autorisé ! Tu as désobéi une fois pour la grange et je n'ai rien dit, mais celle-ci est la fois de trop car tu as saccagé un mois de travail !

L'homme attrapa Samuel par le collet et, sans ménagement, le traîna jusqu'à la porte cochère. D'un geste violent, il le jeta sur le chemin extérieur.

— Retourne d'où tu viens ou va en enfer ! Je ne veux plus de toi ici !

— Vous savez que si l'on m'attrape…

La pitié n'était plus de mise.

— Il fallait y penser avant ! Mais il est vrai que tu n'es capable ni de raisonner ni d'obéir, alors je n'ai que faire d'une bourrique indisciplinée !

Le portail se referma brutalement sur le malheureux avec le même claquement que celui que fait le couvercle se rabattant sur le cercueil. La nuit n'allait pas tarder à tomber. Choqué, Samuel fixa la porte close, réalisant qu'il avait outrepassé pour de bon la ligne à ne pas franchir. Le hurlement d'un loup lui parvint, long et lancinant. Lui qui avait rêvé de fuite et de liberté se retrouvait seul, démuni, le ventre creux, face aux dangers de la nature. Face à l'inconnu…

VII

LE BOUTON-D'ARGENT

Samuel avait passé la nuit couché à proximité de la porte cochère, espérant qu'elle s'ouvrirait toute seule par on ne sait quel enchantement... Mais le miracle n'avait pas eu lieu, la porte était restée close. Il savait qu'il était inutile de frapper, il n'était plus le bienvenu. Il s'était endormi et réveillé le ventre vide, l'esprit bouillonnant.

De l'angle du chemin parut la jeune fille à la recherche de sa sœur disparue. Elle s'arrêta à sa hauteur, l'air toujours aussi grave :

— Ma sœur n'est toujours pas rentrée. Tu ne l'aurais pas vue ?

Comme elle lui faisait de la peine ! Comme il aurait voulu la réconforter ! Mais il ne put que lui donner une nouvelle réponse négative.

— Si tu la vois, pourras-tu nous prévenir ? Nous habitons sur l'autre versant de la colline, au « Bois à renards ».

Samuel suivit des yeux la direction qu'indiquait l'index tendu et acquiesça sans grande conviction. Peut-être parce qu'il se sentait lui-même seul au monde, peut-être parce qu'elle l'émouvait dans sa recherche sans relâche, il la retint un instant :

— Comment t'appelles-tu ?

— Ambrine. Et ma sœur : Gisèle. Et toi ?

— Samuel.

Le regard triste, et visiblement peu disposée à la conversation, la jeune fille passa son chemin, le dos voûté comme un roseau ployant sous le vent. Samuel suivit d'un regard brisé la frêle silhouette, qui lui rappela ce temps où, la détresse vissée au cœur, il cherchait vainement ses parents. Son intuition lui souffla que la disparue ne reparaîtrait jamais.

Revenant à son souci du moment, il jeta un dernier regard à la porte cochère. Comme une torture, il imagina le Diable Noir dégustant une immense tranche de pain recouverte de crème de lait de chèvre… Son estomac grogna. Tout fou qu'était cet homme, Gédéon avait été la planche de salut qu'il n'avait pas su saisir, la promesse d'un havre de paix stupidement perdu. Définitivement, Samuel se résolut à s'éloigner de ce morceau de terre qui le rejetait. Où aller ? Il jaugea les alentours d'un regard de déshérité. Contraint par la nécessité de se cacher, il s'enfonça dans l'opacité des sous-bois.

Ayant gravi un sentier pentu, Samuel fit une pause pour reprendre son souffle. L'odeur qui lui avait vaguement titillé les narines envahit brusquement ses poumons telle une vague nauséeuse… un relent de mort… Sans doute un animal crevé. Son regard prospecta les environs, repéra une nuée de mouches qui virevoltaient dans un bourdonnement confus. Samuel s'en approcha et, glacé d'horreur, découvrit l'impensable : un pied nu émergeait d'un tas de feuilles. Pris de panique, il fit volte-face et se mit à courir comme un dératé.

À bout de souffle, il tambourina contre la porte cochère jusqu'à ce qu'elle s'ouvre sur Gédéon. Samuel hoqueta :

— Je viens… de découvrir… un cadavre…

L'accueil s'apparenta à de l'indifférence :

— Pourquoi t'adresser à moi ? Tu sais que je ne me mêle pas de ce qui ne me regarde pas !

Vaincu, Samuel se résolut à s'éloigner sans autre explication lorsque Gédéon lança :

— Attends !… Tu me guideras…

L'homme regagna sa maison. Par le portail resté grand ouvert, Samuel lorgna la partie sous les toits où le Diable Noir l'avait autorisé à s'installer, réalisant d'autant plus douloureusement ce qu'il avait gâché. Une paillasse, un tabouret bancal, une caisse : trois objets qui faisaient figure de paradis perdu.

Gédéon se retourna machinalement ; voyant que le jeune homme ne l'avait pas suivi, il lui lança :

— Tu ne veux pas y aller le ventre vide ? Je suis certain que ton mort nous attendra...

Samuel n'en espérait pas tant ! Il se précipita.

Entrer dans la cuisine provoqua en lui une sensation de soulagement emportée aussitôt par une vague de tristesse. De la cheminée montait une douce senteur de verveine, sur la table étaient alignés les carrés d'ardoise que l'élève avait complétés la veille et que visiblement, Gédéon étudiait encore. Le Diable Noir versa l'infusion dans un godet, qu'il posa devant Samuel ; puis il sortit du pain et du fromage de la réserve.

— Mange !

Le jeune banni se jeta sans retenue sur cette pitance providentielle.

En voyant son protégé se goinfrer, Gédéon abandonna l'idée de l'interroger sur la scène du crime. Aussi se contenta-t-il de préparer sa besace. Il sortit, revint un instant plus tard avec une pelle, qu'il mit entre les mains de Samuel.

— Nous pouvons y aller, annonça-t-il.

L'affamé se leva à regret et, profitant de ce que l'homme avait le dos tourné, il subtilisa une tranche de pain qu'il glissa dans sa chemise. Son repas du soir...

Le trajet se fit dans le plus grand silence, l'un perdu dans ses pensées, l'autre trop honteux pour oser proférer la moindre parole.

Après quelques fausses pistes, Samuel retrouva enfin l'endroit où il avait découvert le cadavre.

— Il faudra que tu apprennes à te repérer dans une forêt ! suggéra Gédéon, railleur.

Le jeune homme se garda bien de répliquer.

Resté à quelques pas de l'amas de feuilles, le Diable Noir considéra l'alentour d'un regard méticuleux. Puis il s'approcha de la tombe de fortune, pas à pas, lentement, en inspectant le sol.

— Avez-vous perdu quelque chose ? demanda son jeune compagnon.

Concentré, Gédéon ne répondit pas. Il se saisit de la sacoche que portait Samuel, puis s'agenouilla près du tas de feuilles mortes qui recouvrait le cadavre.

— Voulez-vous que je les déblaie ? proposa Samuel, prêt à tout pour revenir dans les bonnes grâces de l'adulte.

— Surtout pas, malheureux !

L'homme retira les feuilles une à une.

— Vous les comptez ? s'étonna encore Samuel.

Gédéon releva sur lui un visage exaspéré.

— As-tu encore beaucoup de questions stupides à poser ?

Le jeune homme choisit de rester en retrait et de patienter en silence.

Attentif, et sans relever la tête, le Diable Noir expliqua :

— Cet amoncellement qui recouvre le cadavre cache peut-être un indice crucial, voilà pourquoi je retire les feuilles l'une après l'autre. J'ai fait de même avant de m'approcher du corps. J'ai cherché un indice : des traces de pas, des branches cassées, ou toute chose inhabituelle qui pourrait nous aider.

Le corps dégagé s'avéra être celui d'une jeune fille. Gédéon y passa tout autant de temps : vêtements, mains, cheveux, peau, tout fut passé au crible de son regard. Samuel, qui s'était bien gardé d'intervenir une nouvelle fois, finit par proposer :

— Voulez-vous que j'aille prévenir les gens d'armes ?

— Les appeler ne servira à rien : ils ne se dérangeront pas pour une pauvresse.

— Une pauvresse ?

Gédéon releva la tête et expliqua :

— Les dents de sagesse ne sont pas encore sorties, preuve qu'il s'agit d'une adolescente. Et les autres sont très abîmées, donc elle est pauvre. Pour supporter cette horrible douleur de dents cariées jusqu'à l'os, ce ne devait pas être une douillette !

— J'ignorais que l'on pouvait savoir autant de choses sur une personne grâce à ses dents…

— Tu te coucheras moins idiot ce soir… Trois règles sont à retenir et qui te seront utiles en tout dans la vie : observer, analyser, conclure… Et bien sûr dans cet ordre-là !

Gédéon se pencha à nouveau sur le corps. Il prit une mèche de la chevelure de la jeune fille, y préleva un brin d'herbe ; d'un pli de vêtement il retira une fleur séchée. Il présenta les deux brindilles sur sa paume ouverte.

— De l'herbe à crapaud et un bouton-d'argent.

— Mais… on ne trouve pas d'herbe à crapaud dans les bois ! constata Samuel.

Le Diable Noir hocha la tête, ouvrit deux pochettes dans lesquelles il plaça les éléments qu'il venait de prélever avant de répondre :

— Pas plus que de bouton-d'argent puisque ces deux plantes poussent en milieu humide… Cette jeune fille n'a pas été tuée ici, son corps a été déplacé.

— Ces plantes vous permettent de tirer cette conclusion ?

— Pas seulement ! Vois-tu, quand un corps a été transporté, à dos de mule, de cheval, ou jeté par-dessus l'épaule, le sang tombe dans les bras et les jambes ballants et s'accumule dans les mains et les pieds, ce qui les fait bleuir... C'est son cas... Elle a été tuée ailleurs, puis transportée ici.

Le Diable Noir ramassa une plante flétrie, qu'il observa, avant de la placer dans un autre petit sac. Se penchant sur le corps, il lâcha :

— À présent, essayons de déterminer la date de sa mort grâce à « l'horloge à l'envers ».

— « L'horloge à l'envers » ? ânonna Samuel.

Gédéon fit une pause et leva la tête vers son jeune élève.

— Rappelle-toi le morceau de chair que nous avons exposé à l'air libre... Qui s'y est posée la première ?

— La mouche.

— Et qu'as-tu constaté ?

— Elle y a pondu des œufs... qui deviennent asticots.

— Très bien...

Gédéon ramassa deux cocons translucides ramassés près du corps, qu'il posa également sur sa paume ouverte vers le ciel.

— Lorsque l'asticot est repu, il va s'enfermer dans un cocon, que l'on nomme pupe. Deux à trois semaines plus tard, il va se débarrasser de sa pupe pour devenir mouche à son tour et pondre ses propres œufs. Or, que constates-tu ?

Samuel se pencha et observa plus attentivement.

— Les cocons sont intacts. Ils n'ont pas éclos…

— Conclusion ?

— S'il faut deux à trois semaines pour que le cocon – ou pupe – éclate… et comme là il est intact… je dirais qu'il s'est passé moins de deux semaines depuis la mort.

Le jeune homme sentit un trouble inconnu l'envahir, qui devint évidence : l'homme qui se trouvait face à lui n'était pas fou, il détenait simplement un savoir qui lui était étranger. Loin d'imaginer ce qui perturbait l'esprit de son jeune protégé, et comme un père enseignant le monde à son fils, Gédéon poursuivit :

— Nous avons donc la certitude que cette fille est morte il y a moins de deux semaines grâce aux cocons intacts… Vu son apparence, et la description qu'en a faite sa sœur, j'ai bien peur qu'il s'agisse de la fille disparue de notre voisinage.

Samuel fut affecté par cette évidence.

— Comme c'est triste : tant que le corps n'était pas retrouvé, elle pouvait s'accrocher à quelque espoir. Mais à présent…

— Le lourd travail de deuil va commencer pour elle…

Gédéon choisit un endroit où la terre était meuble.

— Prends la pelle que nous avons emportée et creuse une fosse, là… Inutile d'infliger ce spectacle à la famille !

VIII

CROIX DE BOIS

Gédéon et Samuel avaient emprunté un raccourci pour se rendre à l'endroit où avait indiqué vivre la sœur de la défunte.

La maisonnette de bois vétuste apparut enfin à leurs yeux.

Alertées par l'arrivée de visiteurs, deux silhouettes féminines firent leur apparition sur le seuil. En l'une d'elles, Samuel reconnut Ambrine.

— Que voulez-vous ? demanda la mère, méfiante.

Gédéon s'approcha et, après un regard de compassion appuyé, lui tendit un morceau de tissu ; reconnaissant l'étoffe, la femme lui adressa un regard incrédule. Les commissures des lèvres d'Ambrine se mirent à trembler et des larmes silencieuses roulèrent le long de ses joues. Samuel aurait aimé s'approcher, exprimer ses condoléances navrées, mais il demeura gauchement immobile.

Gédéon prit la main de la mère, l'ouvrit paume vers le ciel et y déposa le bout de tissu ainsi que la mèche de cheveux prélevée sur la défunte. Le visage de la femme s'y pencha avec la grâce douloureuse d'une Madone. Ambrine fit de même avant de gémir :

— Pas Gisèle ! Pas ma sœur !

Elle s'accrocha désespérément à la jupe de sa mère.

— Lui a-t-on fait du mal ? L'a-t-on violentée ? s'inquiéta la femme, sur un ton calme qui dissimulait mal son immense douleur.

— Non, la rassura Gédéon.

Il y eut un long silence, que le Diable Noir rompit pour leur proposer de les guider jusqu'au lieu funeste.

Le groupe arriva à l'endroit où un monticule de terre fraîchement remuée marquait l'emplacement de la tombe. Les yeux secs, la mère constata :

— Ça ne sert à rien d'appeler la prévôté, ils n'enquêteront pas pour une pauvresse.

Gêné par cette affligeante vérité, Gédéon baissa la tête. Soucieux de respecter l'intimité du deuil, il prit discrètement congé après les avoir assurées de leur soutien.

— Si vous avez besoin de quoi que ce soit, n'hésitez pas à venir nous trouver.

Samuel releva le « nous » mais, convaincu qu'il s'agissait là d'une formule toute faite, s'interdit d'en tirer quelque espoir que ce fût.

Les deux compagnons empruntèrent le chemin du retour. Cette histoire laissait Samuel frustré et perplexe.

— Avec tout ce que vous avez constaté, et puisque les gens d'armes ne s'y intéresseront pas, pourquoi ne pas enquêter nous-mêmes ?

— À partir de quoi ? Nous ignorons même où elle a été tuée ! Et n'oublie pas que des gens comme nous font mieux de s'occuper de ce qui les regarde.

Ils étaient arrivés à la croisée des chemins. Conscient que la découverte du corps de Gisèle n'avait été qu'une parenthèse, Samuel fit une halte et, avant l'adieu, avoua avec sincérité :

— Pour ce que ça vaut, sachez que je regrette amèrement de vous avoir désobéi : je me suis mal comporté alors que je vous dois la vie. Je vous prenais pour un fou et quand vous m'avez confié ces corvées absurdes, comme attraper ou observer des mouches, faire courir des insectes et mesurer leur temps de marche, je croyais que vous ne cherchiez qu'à m'humilier... J'ai compris aujourd'hui à quel point je suis idiot, que je n'étais pas à la hauteur de ce que vous vouliez m'enseigner.

Gédéon posa une main ferme sur l'épaule du jeune homme.

— L'échec a cela de bon : c'est que compris avec humilité, il permet d'ouvrir la voie de la réussite. Tu as encore tant de choses à apprendre mais avant tout apprends la patience ! « J'observe, j'analyse, je conclus » : voilà les trois piliers d'un bon raisonnement. Et toi, tu as tendance à toujours commencer par la fin !

Il laissa passer un long silence avant d'ajouter :

— Tu as un don pour le dessin mais il va te falloir apprendre à lire et à écrire si tu restes avec moi !

Le moment de stupeur passée, Samuel réalisa que le Diable Noir lui donnait une nouvelle chance. Des larmes de reconnaissance lui embuèrent les yeux.

— Oh, merci ! Je ne vous décevrai plus !

Gédéon lui passa paternellement le bras autour de l'épaule.

— Alors viens, rentrons !

Au loin, on apercevait le mur drapé de lierre et de liserons ; et derrière cette barrière, un havre de paix regagné.

*

Réveillé par un bruit sec, Samuel se redressa d'un bond. Le décor paisible de ce grenier le rassura.

Des souvenirs récents remontèrent à la surface et celui de leur macabre découverte prit le dessus. Il se leva et descendit l'échelle ; une agréable odeur de tisane l'accueillit, ainsi que du pain et du fromage : le bonheur retrouvé.

Sur le côté de la table étaient alignés des pots que Gédéon remplissait de plantes médicinales. Machinalement, Samuel en attrapa un, l'observa avant de s'écrier avec enthousiasme :

— C'est un A ! Je reconnais la lettre A !

Il s'empara des récipients l'un après l'autre et scruta les étiquettes.

— Là encore un A… Et là un B… Et ici un C !

— À quoi sert tout ce que nous apprenons chaque jour, n'est-ce pas ? se moqua affectueusement Gédéon.

S'installant devant son petit déjeuner, Samuel savoura ce moment de grâce. Il sollicita l'autorisation de se rendre sur la tombe de Gisèle afin de s'assurer qu'aucune bête sauvage ne l'avait dégradée durant la nuit.

Son mentor[4] acquiesça :

— Profites-en pour demander à la mère si elle a besoin d'aide.

---

4. Un mentor est une personne attentive et sage, qui aide et conseille, et à laquelle on fait entièrement confiance.

Son protégé se restaura puis mit le pain à l'abri des mouches. Sa toilette achevée, il s'engagea sur le chemin conduisant au Bois à renards.

Au pied de la tombe de Gisèle, il trouva Ambrine. Assise sur une souche, la jeune fille était appliquée à tresser une couronne de feuilles. Sur le monticule de terre, elle avait planté une croix faite de branchettes sommairement assemblées par une ficelle. Samuel s'installa près d'elle.

— Nous n'avons pas vu ton père, hasarda-t-il.

— Il est mort pendant l'épidémie du flux du ventre, quand j'avais trois ans. Il n'y a plus que ma mère et nous… enfin, je veux dire : ma mère et moi…

Des larmes montèrent aux yeux d'Ambrine, qu'elle essuya nerveusement du bout des doigts. Après une inspiration bruyante, elle demanda à son tour :

— Et toi, tu as de la famille ?

— J'avais un frère aîné, qui s'occupait de moi depuis la disparition de nos parents. Il est mort l'an dernier ; depuis, j'étais en errance jusqu'à ce que le Diable Noir me recueille.

— Ils sont enterrés où ?

La réponse ne fut que murmure :

— Loin… trop loin pour que je puisse aller me recueillir sur leur tombe…

Ils gardèrent un instant le silence, les yeux rivés sur la tombe.

— Il faut que j'y aille ! soupira enfin la jeune fille.

— Puis-je t'accompagner ? Je voudrais savoir si ta mère a besoin de bras pour vos tâches les plus pénibles, par exemple couper du bois ou réparer quelque chose.

Ambrine se releva, posa la couronne qu'elle avait confectionnée au pied de la croix.

— Alors viens, on va lui demander !

Elle ouvrit la marche et le reste du chemin se fit dans un triste recueillement. Samuel le savait par expérience, parfois les mots ne servent à rien. Les jeunes gens arrivèrent au Bois à renards.

Le jeune homme salua la mère, expliqua la raison de sa visite. La femme désigna la hache plantée sur le billot.

— Si tu peux couper du bois, ça nous soulagerait bien…

Le visiteur se mit à la corvée, laissant mère et fille vaquer à leurs propres occupations. Lorsqu'il estima avoir entassé une réserve suffisante de bûches sous l'appentis, il rejoignit Ambrine, installée sur le perron. Il lui montra deux piquets fraîchement taillés.

— C'est pour confectionner une belle croix à ta sœur… Veux-tu que je m'en occupe ?

Sa jeune compagne se saisit religieusement des deux bouts de bois et les huma, les yeux clos.

— Non, je veux m'en charger…

Jetant un coup d'œil à l'ouvrage posé sur les genoux d'Ambrine, Samuel l'interrogea :

— Que fais-tu ?

Elle tendit la toile.

— Tu vois ces bouloches ? Je les arrache l'une après l'autre avec les ongles pour donner à cet habit un semblant de neuf. Tu sais, des gens confient à ma mère des travaux de couture et de raccommodage mais aussi de déboulochage…

— C'est un travail bien fastidieux, admit son compagnon.

— Il faut surtout beaucoup de patience ! Gisèle et moi nous partageons la tâche, car nous avons de meilleurs yeux que notre mère…

Elle s'interrompit, saisie par un sanglot. Après un long moment, elle reprit :

— Pour chaque détail du quotidien, même le plus banal, je réalise qu'il va à présent falloir faire sans elle… Comme cette simple corvée… Je ne devrai plus dire *nous*, mais *je*.

Le cœur gros, Samuel s'assit près d'elle et lui prit la main.

— Je sais ce que c'est, je suis passé par là…

Leurs regards se croisèrent. Le silence, lourd, devint insupportablement douloureux. Ambrine lâcha la phrase libératrice :

— Le ciel commence à s'obscurcir. Il est temps pour toi de rentrer…

IX

L'ÉTRANGLE-LOUP

Trois jours s'étaient écoulés sans aucune nouvelle d'Ambrine ou de sa mère. Un matin, la jeune fille franchit la porte cochère, panier en main. Dans le jardin, Samuel préparait du purin à taupes.

Elle regarda alentour comme si elle voulait s'assurer que le diable n'allait pas surgir d'un bosquet, tout en s'approchant précautionneusement du jeune homme. Samuel la taquina :

— La terre ne t'a pas engloutie ? Une fumée épaisse et nauséabonde est-elle sortie des entrailles du sol ?

Elle haussa les épaules, lui tendit le cabas contenant quelques pommes et expliqua :

— De la part de ma mère, pour te remercier d'avoir coupé du bois…

Il montra ses mains sales en guise d'excuse et elle posa le panier sur le billot en disant :

— L'an dernier, ces maudites bêtes avaient saccagé notre jardin ! Si tu me l'avais dit, je t'aurais préparé un pourri d'herbe à taupe, ça pue moins que le purin de sureau !

L'ayant sans doute entendue, Gédéon sortit de la cuisine et s'approcha de la visiteuse pour la saluer.

— Veux-tu manger quelque chose ? Hier soir mon cuisinier a préparé une tourte et elle est à ce point infecte que je prie le ciel qu'une âme compatissante la partage avec moi !

— Votre cuisinier ? Vous avez un cuisinier ? s'étonna Ambrine.

Samuel intervint, sourire en coin :

— Il parle de moi, voyons !

Le jeune homme entraîna sa compagne vers une cuve où il se lava les mains. Puis, il la précéda dans la cuisine. Il sortit l'écuelle contenant la fameuse tourte et la tendit à Ambrine. Gédéon les avait rejoints. Elle en goûta une becquée avant de livrer son sentiment :

— Je suis sûre que mise en miettes dans les galeries du jardin, elle ferait fuir les taupes mieux que ton purin de sureau !

Riant à la malice, Samuel rangea le plat. Se rappelant ses obligations, la visiteuse se ravisa et lâcha à contrecœur :

— Il faut que j'y aille : un renard s'est introduit dans le poulailler cette nuit et il a tué deux poules ! C'est pour ça d'ailleurs que l'endroit où on habite s'appelle « Bois aux renards » ! Ma mère m'envoie chercher de l'étrangle-loup si j'en trouve encore[5]…

Ne voulant pas la laisser s'aventurer seule dans la forêt, Samuel proposa :

— Ça tombe bien ! Le Diable Noir m'a demandé de lui rapporter des langues de cerf[6] et je n'avais pas envie d'y aller seul !

Un coup d'œil complice à son mentor et le jeune homme emboîta le pas de leur voisine, besace à bout de bras.

Les jeunes gens empruntèrent un chemin de ronde. Très vite, Samuel comprit qu'Ambrine avait trouvé l'excuse de la cueillette pour s'évader d'une maisonnette remplie de douleur et de larmes. Sa peine, muette, était palpable ; aussi la suivit-il en silence, l'essentiel pour lui étant d'offrir sa présence, d'être simplement à ses côtés.

Ils étaient arrivés au sommet de la colline, panier vide. Miné par l'abattement de sa compagne, Samuel

---

5. Étrangle-loup ou raisin de renard, plante herbacée que l'on trouve dans les bois, jadis mêlée à des appâts empoisonnés pour tuer les renards.
6. Fougère efficace contre les infections du foie.

cherchait un moyen de la consoler. La prairie, en contrebas, lui inspira une idée vivifiante.

— La saison des baies à renards est passée mais ne t'inquiète pas : je suis certain que Gédéon en possède une réserve ! En attendant, viens, allons cueillir quelques fleurs pour ta mère, ça lui fera plaisir.

Le regard d'Ambrine se rembrunit.

— J'en prendrai également pour la tombe de Gisèle !

Ne sachant que répondre pour dissiper le malaise qu'il avait malencontreusement suscité, Samuel attrapa la main de sa compagne et l'entraîna dans le sentier pentu.

Arrivés au pied de la colline, et portés par la force de l'élan, ils se laissèrent choir dans le champ fleuri. Pour la première fois depuis qu'il la connaissait, Samuel entendit le rire cristallin d'Ambrine. L'espace d'un instant, les mains au contact de l'herbe tendre, le ciel bleu au-dessus de leur tête et sa jeune compagne riant avec lui, Samuel oublia toutes ses épreuves. Sans doute fit-elle de même et ils s'enivrèrent de cet instant de grâce. Mais, comme si elle se sentait soudainement coupable d'insouciance, Ambrine cessa net de rire et esquissa un mouvement pour se relever. Réalisant le désarroi de sa compagne, Samuel se redressa et la rattrapa maladroitement par le bras. Ambrine perdit l'équilibre, retomba sur lui comme on tombe dans l'abîme. Elle s'effondra en pleurs.

— Comment puis-je rire alors que ma sœur est morte ? C'est moi qui aurais dû mourir à sa place ! hoqueta-t-elle.

Samuel tenta de la contenir :

— Ce qui est arrivé n'est pas ta faute, voyons !

— Si ! On devait aller chercher des baies mais je n'en avais pas envie et j'ai trouvé une excuse ! Si j'étais allée avec elle, tout cela ne serait pas arrivé…

— C'est le destin, c'est ainsi et l'on n'y peut rien. Si tu étais allée avec elle, tu serais peut-être morte aussi à l'heure qu'il est, et ta mère se retrouverait toute seule ! Au moins es-tu là pour la consoler !

— J'aurais voulu mourir à sa place ! Gisèle était jolie et douce, et c'était ma grande sœur ! Elle savait faire tant de choses dont je ne suis pas capable…

Le jeune homme la prit dans ses bras et, tout en lui caressant les cheveux, la laissa se vider de ses larmes. Il évoqua, dans un murmure :

— Tu sais, j'ai pensé la même chose quand mon frère est mort. Nous étions seuls au monde et il me protégeait, s'occupait toujours de moi. Avec lui je n'avais jamais peur car je savais qu'il trouvait toujours la solution à nos problèmes, qu'il savait toujours quel chemin prendre et à qui se fier. Moi, j'étais inutile et, sans lui, incapable de penser intelligemment.

Ambrine, qui s'était apaisée en l'écoutant, demanda :

— Il est mort comment ?

Sans relâcher son étreinte, Samuel raconta :

— Un jour où nous errions, sans nourriture, il m'a demandé de l'attendre en un endroit précis… Nous procédions souvent de la sorte et donc je l'ai laissé partir… Mais les heures ont passé… Jamais il ne m'avait laissé seul aussi longtemps et j'étais très en colère contre lui. Quand la nuit est venue, au fond de moi, j'ai su qu'il ne reviendrait jamais. Au petit jour, je suis parti à sa recherche et je l'ai trouvé sur le bas-côté : il avait été battu à mort.

— Tu as cherché les gens d'armes ?

Samuel mesura sa réponse :

— Non, comme pour ta sœur, je savais qu'ils ne se soucieraient pas de gens comme nous… Alors, n'ayant plus aucune attache je suis parti, seul, sur les routes. Tu vois ? Je sais exactement ce que tu éprouves parce que j'ai vécu la même perte, la même douleur que toi. Si tu as besoin de parler, ou simplement de pleurer, ou encore de marcher en silence pendant des heures sans rien dire, sache que je suis là.

Ils se turent, oublieux du temps qui passe, perdus dans cette vaste étendue d'un vert dense, dans les bras l'un de l'autre. Leurs cœurs battaient l'un contre l'autre comme s'ils se répondaient. Samuel laissait divaguer son regard mélancolique sur la nature avoisinante lorsque, soudain, il se figea : autour d'eux – il n'y avait pas prêté attention jusqu'alors –, la prairie était grêlée de boutons-d'argent… La gorge serrée, il demanda :

— Sais-tu s'il y a un point d'eau près d'ici ?

Elle se détacha de lui et haussa les épaules.

— Tu as soif ? Car à part une mare, tu ne trouveras pas d'eau fraîche ici !

Samuel fit mine de regarder le ciel, ramassa le panier et la besace, prit la main de sa jeune compagne et l'aida à se relever.

— Viens, il est temps de rentrer…

X

L'HERBE AUX ANGES

Les jeunes gens étaient rentrés de leur escapade en forêt et déposèrent sur la table le fruit de leur récolte. S'il n'en laissa rien paraître, Gédéon nota l'air tourmenté de Samuel. Il plaça une dose de baies de raisin de renard dans le panier d'Ambrine et, affichant une humeur cordiale, il lança :

— Voilà, jeune fille ! Veux-tu également que j'ajoute un morceau de tourte faite par mon marmiton ? Je suis certain que ça étoufferait plus d'un goupil[7] !

La remarque fit sourire la jeune invitée. Elle ramassa son cabas, remercia et prit congé. Son ami la raccompagna jusqu'à la porte du jardin puis revint dans la cuisine et annonça sans ambages :

— Je crois que j'ai trouvé l'endroit où Gisèle a été assassinée !

---

7. Autre nom du renard, plus utilisé au Moyen Âge.

En quelques mots, Samuel partagea sa découverte.

— Il ne va pas tarder à pleuvoir et cela risque de compromettre les indices. Viens, allons sans tarder !

Soulagé de voir sa remarque prise au sérieux sans autre discussion, le jeune homme s'étonna tout de même :

— Il fait un temps superbe, pourquoi se mettrait-il soudainement à pleuvoir ?

— Parce que Marie et Suzette ne se trompent jamais !

Samuel fit une moue fantasque et répéta :

— « Marie et Suzette ne se trompent jamais » ?

— C'est fou : quand je te parle, j'ai l'impression de m'adresser à mon propre écho !

Il tira son protégé jusqu'aux gonds de la porte et pointa deux toiles d'araignées.

— Je te présente Marie et Suzette… Les araignées s'installent toujours près des endroits où elles sentent le mieux le vent et peuvent prévoir, mieux que les rainettes, les changements climatiques. Regarde plus avant !

Il approcha une bougie, et Samuel son visage.

— Tu vois l'antre dans lequel l'araignée se réfugie ? S'il fait beau, elle sort tête et pattes en avant. Plus elle allonge ses pattes, plus longtemps il va faire beau. Si en revanche elle montre son derrière et garde sa tête à l'abri, c'est signe qu'il va pleuvoir. Et que constates-tu ?

— Elles sont toutes deux les fesses à l'air !

Gédéon souffla sa bougie, récupéra son bâton de marche.

— Alors ne traînons pas.

Ensemble, ils quittèrent la maison. Le ciel étant bleu, Samuel se demanda si son protecteur ne s'était pas moqué de sa naïveté avec son histoire de fesses d'araignées.

Ils s'engouffrèrent dans le sous-bois, gravirent la colline boisée jusqu'à se trouver au sommet, finirent leur marche dans la prairie. Un nid d'herbe couchée gardait encore l'empreinte des corps des jeunes gens.

Le Diable Noir arracha un ou deux boutons-d'argent, scruta les lieux et, enfin, pointa le doigt :

— La mare doit être de ce côté !

Samuel mit sa main en visière et marqua son étonnement :

— Comment le savez-vous ? On ne voit rien !

— En effet ! Mais n'as-tu pas remarqué que le sol, sous nos pieds, est gorgé d'eau ? Et si cela ne suffisait pas, vois là-bas : de l'herbe aux anges qui, comme dit le dicton, « aime avoir les pieds dans l'eau et la tête au soleil » !

Samuel aiguisa son regard jusqu'à distinguer la plante aérienne.

— Il faudra vraiment que j'apprenne à observer ! en conclut-il.

Son mentor dodelina de la tête.

Ils s'approchèrent et, enfin, trouvèrent un marécage cerclé d'herbe à crapaud.

Gédéon inspecta méticuleusement le sol ; pour l'avoir déjà vu procéder de la sorte, Samuel resta en retrait.

Enfin l'homme se baissa, examina le lieu puis toucha la terre.

— C'est bien ici ! annonça-t-il.

Samuel approcha, s'accroupit à son tour et écouta les explications.

— Du sang a stagné en ce lieu… Des mouches y ont pondu des œufs… Vois ces asticots.

L'attention de Samuel fut attirée par une tache brunâtre, visible derrière les roseaux. Il s'approcha au plus près de l'eau et, à l'aide du bâton de marche de Gédéon, il réussit à extraire l'objet de la vase : une sandale, qu'il tendit à son protecteur.

Le Diable Noir l'examina puis questionna :

— Quelles sont tes conclusions ?

Samuel se garda de tomber dans le piège :

— J'ai retenu qu'il faut procéder par étapes : *j'observe* que la morte était pieds nus et cette sandale est trop grande pour le pied d'une jeune fille…

Elle appartient à un homme mais rien ne prouve qu'il soit l'assassin ; de plus, son séjour dans l'eau l'a lavée de toute trace de sang. N'importe qui pourrait l'avoir jetée là, ou perdue dans la vase… D'un autre côté, pauvre comme je suis, si j'avais perdu une chaussure, je l'aurais récupérée coûte que coûte car je n'en ai pas d'autre paire. Et je me verrais mal faire le chemin du retour avec une seule sandale au pied... Personne n'habite dans le giron… Et même si c'était le cas, même si nous avions quelque soupçon, nous n'aurions aucun droit légitime d'entrer chez un suspect pour fouiller sa maison car seuls les gens d'armes peuvent enquêter… Mais si l'on fait appel à eux et s'ils me reconnaissent, ils vont m'arrêter !

— C'est le risque à courir quand on se mêle de ce qui ne nous regarde pas, répondit Gédéon en plaçant la sandale dans sa besace.

Le ciel se fit changeant et, en peu de temps, l'averse tomba.

— Tu vois que Marie et Suzette avaient raison ? le moqua le Diable Noir.

Ils revinrent sur leurs pas en courant.

Samuel jeta une bûche dans la cheminée. Voyant son protégé méditatif, Gédéon préféra le silence et l'attente. Enfin, le jeune homme lui ouvrit son cœur :

— La mort de mon frère est restée impunie et je n'ai eu d'autre choix que de pleurer en le mettant en terre, sur le bord du chemin où je l'avais trouvé. Au fond de moi je sais que je le dois non seulement à Gisèle, Ambrine et sa mère, mais aussi à mon frère. Ai-je le droit de ne penser qu'à sauver ma vie ? Doit-on se contenter de regarder le monde sans réagir en se disant que de toute manière rien n'y changera rien ? D'un autre côté, je sais que ma démarche risque de me conduire en prison.

Il attendit l'approbation ou le reproche de Gédéon, qui le fixa avec son calme habituel. Enfin l'homme répondit :

— N'attends pas de moi que je t'aide à décider. C'est à toi seul d'y réfléchir car tu supporteras seul les conséquences de tes choix.

Il tira la sandale de son havresac, la posa devant son protégé.

— Penses-y maintenant. Chacun de nos choix est suivi de conséquences qu'il nous faut assumer. Choisir, c'est décider en faveur d'une chose au détriment d'une autre. Prendre le chemin de droite, c'est forcément renoncer à celui de gauche. Pèse tous tes arguments et prends-en la mesure. Puis va te coucher et laisse la nuit passer sur tout ça. Demain matin, la réponse t'apparaîtra clairement.

Il le laissa seul avec ses démons.

XI

TROIS BRANCHES DE GUI

Lorsque Samuel descendit l'échelle, Gédéon était déjà à pied d'œuvre ; à leurs traits tirés, aucun ne semblait avoir dormi plus que l'autre.

Le regard intense du Diable Noir valait question. Samuel annonça :

— J'ai décidé d'aller trouver les gens d'armes !

— Honneur à ton courage et à ton abnégation.

L'homme ne lui demanda rien de plus ni ne fit aucun autre commentaire. Il avait préparé le feu, posé sur la table tout ce qui était nécessaire au petit déjeuner.

— Mange !

— Je n'ai pas vraiment faim.

Gédéon le tira par la manche.

— Alors, suis-moi !

— Vous suivre ? Mais je dois me rendre au bourg…

— Le bourg peut bien attendre une heure, non ?

Entraîné malgré lui, Samuel se retrouva dans la remise maudite qui lui avait valu d'être jeté à la rue quelques jours plus tôt.

Gédéon se livra :

— Ce que tu as vu l'autre soir est une carcasse de loup. De fait, j'étudie la décomposition des corps.

L'instant de stupeur macabre passé, Samuel articula :

— Quel est l'intérêt de me l'avouer aujourd'hui ?

Le Diable Noir éluda le propos et poursuivit :

— On dit de moi que j'écoute parler les morts et ce n'est pas faux. Vois-tu, pour les vivants, un mort est un mort que l'on met dans la fosse et qui redevient poussière. Mais je te le dis : ce corps, si l'on a la patience de lui prêter l'oreille, a bien des secrets à nous révéler.

— Mais que pourrait dire un mort ? s'étonna Samuel. Et quel rapport avec ce loup ? Les loups ne parlent pas !

Gédéon le fit approcher de la carcasse et expliqua :

— À sa mort, chaque être vivant retourne lentement à la terre, nourrit les insectes et autres prédateurs s'il est resté à l'air libre. Cette patiente transformation du cycle de la vie constitue un langage secret.

— Un langage secret ?

Gédéon souffla de fausse exaspération :

— Encore mon écho qui me répond ! Rappelle-moi : pourquoi t'ai-je nommé gardien des mouches et des asticots ?

Samuel haussa les épaules, défaitiste.

— Pour me prouver que les mouches sont plus intelligentes que moi ?

— Non… il y a une autre raison : vois-tu, pour comprendre la mort il faut comprendre la vie. Et la vie de la terre – je veux parler de tous les animaux, les plantes et les minéraux qu'elle porte – est une véritable science, un livre de Dieu ouvert à chacun, un véritable trésor que l'homme néglige trop souvent. Bien sûr, l'être humain plante, sème, récolte et mange. Bien sûr, il puise tout heureux les poissons des rivières et l'eau fraîche pour s'abreuver. Mais la terre ne se résume pas qu'à ça. La terre porte un langage mystérieux et merveilleux qu'il est bon d'observer et d'écouter… Prenons le cas de ce loup : il faut qu'il soit mort depuis plusieurs jours pour que le nez humain le sente. Une mouche à viande, tu le sais à présent, en détecte l'odeur après seulement quelques minutes et c'est pourquoi elle est la première à venir à la table du festin pour y déposer ses œufs… Mais la mouche n'est que le premier maillon des travailleurs de la mort. Car peu à peu apparaissent les autres insectes charognards, dans un ordre bien défini, qui dépend de l'odorat de chaque espèce, mais aussi de leur vitesse de déplacement.

L'esprit de Samuel s'éclaira avec fulgurance.

— Voilà pourquoi vous m'avez demandé de mesurer le temps de marche mis par chaque insecte pour aller du point A au point B, s'écria-t-il.

— Exactement ! En connaissant leur vitesse de marche, les insectes vont nous permettre de calculer le moment auquel ils sont partis de leur tanière, mais pas seulement… Je t'expliquerai ça en temps voulu. Disons pour résumer que c'est un peu comme un bébé : son jour de naissance nous permet de remonter neuf mois en arrière pour calculer le moment où il a été conçu ! En quelque sorte une « horloge à l'envers » !

Le regard de Samuel, d'abord excité par tout ce qu'il venait d'apprendre, se ternit soudainement.

— Un souci ? interrogea Gédéon.

— Je me rends bien compte que vous m'avouez tout cela parce que je vais mourir sous peu alors qu'il y a deux jours mon intrusion m'a valu d'être chassé.

Le Diable Noir lui jeta un regard désespéré.

— Bougre d'imbécile ! Qui te parle de mourir ?

— Vous savez aussi bien que moi qu'en allant trouver les gens d'armes pour leur parler de la mort de Gisèle, je vais être reconnu et livré au seigneur de Valdras…

Samuel leva des yeux désolés sur son protecteur, qui lui posa une main sur l'épaule.

— Ce que j'essaie de t'expliquer, c'est que tu n'as pas besoin des gens d'armes pour mener ta propre enquête ! (Il rit comme un enfant.) Te souviens-tu du jour où je t'ai amené ici ? Tes pieds, eux, doivent se rappeler les heures de marche que nous avons subies. Nous avons traversé deux autres bourgs, franchi une rivière…

Samuel acquiesça. Son mentor poursuivit :

— Le cours d'eau que nous avons traversé marque la fin du domaine du seigneur de Valdras. Nous nous trouvons sur les terres du comte de Béneould. Alors sois rassuré, il y a peu de chances qu'on te reconnaisse…

L'émotion de Samuel se transforma en stupeur :

— Vous voulez dire que vous vous êtes moqué de moi ? Que je ne risque rien en sortant d'ici ?

Pour toute réponse, Gédéon lui tapota amicalement le dos.

— Rien du tout, mon cher ! À présent, va accomplir ton devoir !

— Mais alors… Pourquoi m'avoir laissé me débattre avec ma conscience ?

Le Diable Noir le fixa et répondit simplement :

— Peut-être pour mesurer ce qui importe réellement à tes yeux ?

Puis il le laissa là, les bras ballants, en concluant :

— Quoi que tu décides, je te fais confiance.

*

Samuel prit la route du bois où il savait trouver Ambrine. Installée sur la mousse, son amie tressait une couronne de feuilles. Près de la tombe de Gisèle, le jeune homme remarqua une deuxième fosse, plus petite, fraîchement ouverte. Ambrine expliqua :

— Elle n'est pas grande car je n'ai pas beaucoup de forces, mais je l'ai creusée pour toi.

— Pour moi ? Aurais-tu pour projet de m'enterrer ?

La tête d'ahuri de Samuel lui arracha un sourire.

— Mais non ! Notre aumônier m'a appris qu'un tombeau que l'on élève à la mémoire d'un mort, sans qu'il contienne son corps, se nomme « cénotaphe ». Un peu comme un lieu de mémoire.

Il se laissa choir à ses côtés.

— Je me coucherai moins idiot ce soir !

Elle lui tendit trois petites branches de gui.

— Je les ai cueillies pour toi. Comme tu ne dois plus avoir aucun objet appartenant aux tiens, j'ai imaginé que chaque brin pourrait représenter l'un des membres de ta famille. Place-les dans la fosse en évoquant un souvenir particulier pour chacun. Puis nous les recouvrirons de terre et viendrons désormais honorer nos morts en ce lieu. Cette tombe sera leur cénotaphe. Nos êtres chers se tiendront compagnie à l'ombre des arbres l'été, et à l'abri de la pluie durant les mauvais jours… Et puis, cet endroit marque la moitié du chemin qui nous a fait nous rencontrer…

Ému, Samuel déposa les trois branches de gui dans la cavité ; pour chacun, il se remémora un souvenir particulier. Puis, à mains nues, les jeunes gens remirent la terre en place. Ambrine ramassa une deuxième couronne de feuillage qu'elle avait confectionnée et la tendit à son ami.

— C'est pour la tombe des tiens… Si tu veux on leur confectionne une croix ?

Samuel hésita à révéler son secret. Enfin, il ramassa un caillou, qu'il déposa sur la terre souple.

— Qu'est-ce que tu fais ? s'étonna sa nouvelle amie.

— Dans ma foi, on dépose un caillou sur la tombe de nos disparus… C'est notre façon d'honorer le mort en marquant l'instant où l'on est venu se recueillir sur son lit d'éternité.

Il s'attendait à des questions, voire un reproche, mais rien ne vint. Ambrine s'installa à même le sol, le dos calé contre une souche d'arbre. Une mèche tombait sur son visage, qu'elle dégagea d'un geste empreint de grâce. Samuel se rapprocha d'elle dans une amicale complicité. Ils se connaissaient depuis si peu de temps et pourtant, la souffrance les avait liés aussi sûrement que s'ils étaient amis de longue date.

La jeune fille prit la parole et, dans un souffle, expliqua :

— Les gens d'armes sont venus à la maison ce matin, ils ont dit que tu les as avertis hier de ce que tu as trouvé, alors ils vont enquêter… Je crois qu'ils ont peur du Diable Noir, et aussi de toi ; ils te prennent peut-être aussi pour un alchimiste ?

L'idée ne déplut pas à Samuel, qui réprima un sourire. Sa compagne reprit :

— Nous vous sommes tellement reconnaissantes ! On ne trouvera peut-être jamais qui a fait ça, mais votre geste nous a touchées. Nous ne sommes rien, nous n'avons rien, mais grâce à vous, on a donné une dignité à ma sœur.

Touché, car il savait pleinement ce qu'est « être rien », Samuel saisit son amie par les épaules.

— Ne dis jamais cela : Gisèle était importante, ta mère est importante, tu es importante pour moi.

Des larmes commencèrent à noyer les yeux de la jeune fille. Il relâcha brusquement son étreinte.

— Désolé. T'ai-je fait mal ?

— Non ! Tu m'as émue ! Car à présent tu vas peut-être partir ?

La voix de Samuel, qui réalisait l'évidence, se brisa :

— Où voudrais-tu que j'aille ? Je n'ai nulle part où aller et vous êtes désormais ma seule famille…

La boucle de cheveux rebelle s'échappa à nouveau de l'arrière de l'oreille et la jeune fille la remit en place ; elle fixa son ami droit dans les yeux.

— Je suis soulagée ! Je… je me suis habituée à toi… Je crois que je t'aime bien.

Timidement, Samuel attrapa la main de la jeune fille et l'aida à se remettre sur pied en proposant :

— Viens, je te raccompagne.

Ensemble, ils remontèrent la colline. Les derniers feux du soleil teintaient le paysage d'or et de cuivre…

XII

LA PIERRE DE FIEL

La lueur de la lampe que l'on déplace filtra par les lattes disjointes du plancher et réveilla Samuel. Les yeux lourds de sommeil, il se redressa sur son avant-bras et tendit l'oreille : un étranger se serait-il introduit dans la maison en pleine nuit ? Pieds nus, et non sans appréhension, il descendit l'échelle. À sa grande surprise, il découvrit Gédéon, vêtu de pied en cap.

— Le coq doit encore dormir ! Où allez-vous de si bonne heure ?

— Où *nous* allons : car tu vas m'accompagner.

Le Diable Noir tendit la besace à son protégé.

— Un marchand itinérant, qui m'approvisionne en herbes et en minéraux, passe aujourd'hui par la croisée des chemins de la Fosse Noire. Tu prendras soin de repérer l'itinéraire, au cas où tu aurais à y retourner un jour sans moi.

Samuel attrapa la besace de mauvaise grâce.

— Merci de m'avoir prévenu ! J'adore les surprises qui vous sortent du lit entre chien et loup[8] !

Gédéon était déjà sorti. Un coup d'œil contrarié à la réserve de nourriture, Samuel se pressa de se vêtir. En chemin, il se hâta tout autant pour rattraper son protecteur. Ce réveil en sursaut, ajouté au départ précipité le ventre vide, ne rendit pas le jeune homme très loquace. Les deux compagnons progressèrent dans l'herbe encore humectée par les pleurs de l'aurore.

— Nous y voilà ! annonça le Diable Noir.

Constatant que personne n'était là à les attendre, Samuel bougonna :

— Vous m'avez tiré du lit à moitié nuit pour rien ! Il est où votre hurluberlu ?

Son mentor haussa les épaules.

— Il n'est pas encore arrivé, comme tu peux le constater !

Impassible, Gédéon s'aménagea un creux confortable dans la mousse pour s'y installer. Samuel insista :

— À quelle heure doit-il arriver ?

De sa besace, le Diable Noir sortit du pain et une pomme.

---

8. Expression du XIIIe siècle. Moment entre nuit et journée où il fait trop sombre pour distinguer un chien d'un loup.

— Ça, je n'en sais rien ! As-tu déjà vu un pieds-poudreux[9] avoir des horaires précis, toi qui, il y a peu, me disais mesurer le temps à la hauteur du soleil dans le ciel ? (Il tapota le sol moussu.) Alors patience, assieds-toi près de moi et déjeunons en l'attendant.

« Déjeuner » : mot magique qui mit Samuel de plus belle humeur. Il attrapa le pain tendu et se laissa choir près de son protecteur en regrettant :

— Il ne manque qu'une bonne tisane, celle dont l'odeur me caressait vaguement les narines ce matin !

Gédéon ouvrit sa besace, en sortit une flasque d'étain entourée d'une protection d'osier, ainsi que deux godets. Il s'amusa :

— Cela conviendra-t-il à notre prince ?

L'homme versa deux rasades de liquide fumant, reboucha immédiatement le flacon qu'il emballa dans un linge et remit à l'abri dans le havresac. Samuel lui offrit un regard étonné.

— Mais… comment…

— Bois tant que c'est chaud ! lui répondit simplement son mentor.

Le jeune homme n'insista pas, comblé d'aise par cette pause bienvenue. Le vendeur pouvait bien

---

9. On appelait « pieds-poudreux » les marchands qui parcouraient les routes, en référence à la poussière des chemins qui couvrait leurs chaussures.

prendre tout son temps ! Ils déjeunèrent de pain et d'une pomme.

Comme aucune carriole ne se montrait, et pour occuper l'attente, Samuel ressassa sa frustration liée à la mort de Gisèle.

— Je te comprends. Malheureusement, on ne retrouve pas toujours le coupable d'un crime, ou parfois bien plus tard et par le hasard du destin.

— Le destin, toujours lui ! Pensez-vous qu'il est écrit d'avance ?

— Ça, je l'ignore. Il y a sans aucun doute une part de fatalité dont nous ne sommes pas maîtres, comme la maladie ou la mort. Pour le reste, c'est nous qui écrivons les grandes lignes de notre propre destinée par les choix que nous faisons.

— C'est peut-être aussi se trouver au mauvais endroit au mauvais moment. Comme Gisèle ou comme mon frère…

Lui qui ne s'était jamais confié à Gédéon jusqu'alors lui raconta dans quelles circonstances il avait perdu Isaac.

Les soubresauts d'une carriole mirent fin à leurs échanges feutrés. Une roulotte bringuebalante, sur les parois de laquelle pendaient des peaux de bête et un attirail d'ustensiles divers, arrivait à l'allure cadencée du vieux cheval qui la tirait. Elle s'arrêta à leur hauteur.

Sourire aux lèvres, le marchand itinérant sauta de son chariot et les deux adultes, visiblement heureux de se revoir, s'étreignirent chaleureusement. Gédéon présenta Samuel comme étant son « apprenti sorcier », terme lancé sur le ton de la plaisanterie et qui s'acheva par trois rires complices.

Le pieds-poudreux rabattit un pan latéral de la carriole pour en faire un comptoir improvisé.

— J'ai ce que tu m'as demandé ! s'exclama-t-il en déballant un bric-à-brac sur la planche.

Gédéon fit son choix, humant, effritant des herbes entre ses doigts, palpant des minéraux. Il en posa un dans la main de son jeune protégé et expliqua :

— Ceci est une pierre de fiel, réputée pour accomplir des miracles. Dans mon pays, on la nomme « bézoard », mot qui se traduit par « qui préserve du poison ». Les Latins la nomment aussi « pierre d'estomac ».

Samuel grimaça de dégoût.

— Pierre d'estomac ?

— Oui, ces cailloux sont nommés ainsi car on les trouve dans l'estomac de certains animaux. Râpés et mélangés à une boisson, ils guérissent de la peste, de l'empoisonnement, de la dysenterie ou de l'épilepsie[10]…

---

10. On portait également cette pierre de fiel autour du cou, en guise d'amulette, pour se protéger du venin des vipères.

Gédéon étala sur le comptoir les petits sacs vides qu'il avait apportés et les remplit d'herbes ou de poudres diverses, puis les replaça dans sa sacoche. Il paya son dû, laissant son apprenti se divertir avec un lot de babioles. Le battant latéral remonté, et après une dernière accolade, le roulottier poursuivit son périple.

Les deux compagnons prirent le chemin du retour. Mis en confiance, Samuel osa :

— Comment saviez-vous que ce marchand allait venir précisément aujourd'hui ?

— Il m'a envoyé hier son pigeon voyageur.

— Son pigeon voyageur ?

— Tiens : encore mon écho ! Oui, nous avons un pigeon voyageur commun : Justin. Il me l'envoie pour m'annoncer son passage dans la région, et je le lui renvoie aussitôt pour lui confirmer que je l'attendrai à la croisée du chemin. Nous procédons ainsi depuis dix ans.

— D'où le connaissez-vous ?

— Ahmed et moi avons longtemps parcouru les routes du monde ensemble. Nous nous arrêtions au gré des saisons dans un pays ou dans un autre, faisant commerce, mais aussi complétant nos connaissances.

— Vos connaissances ?

— Oui, en médecine universelle. Vois-tu, les minéraux et les plantes ne sont pas les mêmes selon le pays, son climat, ses régions. Par exemple en Égypte, on utilise certaines plantes qui ne poussent pas en France. Nous avons profité de nos voyages pour tout apprendre de toutes ces plantes, leurs spécificités, leurs usages. Nous avons écouté les conseils des savants, des herboristes, et même de ceux que l'on nomme ensorceleurs.

Samuel offrit un visage terrifié.

— Des ensorceleurs ? Alors c'est vrai, vous avez pactisé avec le diable ?

Gédéon fit une halte, se tourna vers son protégé et, le plus sérieusement du monde, expliqua :

— Ne fais pas aux autres ce que les autres font avec toi : « c'est un juif », « c'est un musulman », « c'est un sorcier », avec tous les préjugés qui accompagnent ces mots. Ne juge les autres ni sur leur apparence, ni sur leur couleur de peau, ni sur leur religion. Au lieu de rejeter celui qui est différent de toi, sois curieux de ce qu'il est et apprends à le connaître. Homme d'ici ou d'ailleurs, chacun possède un savoir propre, qui lui vient de ses ancêtres et de sa propre histoire. S'il se nourrit différemment de toi, c'est parce que les mêmes légumes ne poussent pas dans son jardin et dans le tien. S'il a sa méthode pour soigner ses maladies, c'est grâce à l'expérience des plantes que produit son sol et qui ne poussent pas dans tes contrées. Ouvre ton cœur et ton esprit à l'autre et apprends. Chacun t'enrichira d'humanité, mais aussi de connaissances qui viendront s'ajouter aux tiennes ; c'est ce qui se nomme « savoir universel ».

Absorbé, Samuel préféra se taire et ils marchèrent un long moment en silence. Enfin, le jeune homme aborda un autre terrain :

— Je vous ai vu payer ce marchand avec des pièces… Comment vous les procurez-vous ?

La question, inattendue, ne sembla pourtant pas surprendre Gédéon. Il répondit avec la plus grande simplicité :

— Je sais lire et écrire plusieurs langues et il arrive que l'on fasse appel à moi pour ce don particulier de traduction. Je suis également guérisseur… un peu sorcier diront certains.

— Je sais maintenant que vous êtes tout sauf un sorcier et moi un « apprenti sorcier », le taquina Samuel.

— Ça, ne le dis à personne ! La peur des autres à notre égard est notre meilleure protection ! Tiens-toi pour dit que c'est uniquement grâce à la peur que j'inspire que j'ai pu sauver ta peau le jour du procès… « La Diablerie » ! Terrible nom, mais qui tient tous les curieux à l'écart !

Ils échangèrent un regard complice.

De retour à l'abri des murs couverts de lierre et de liseron, les deux compagnons entreposèrent et rangèrent leur butin du jour, puis ils déjeunèrent.

XIII

LES GRIFFES DU DIABLE

Le repas pris, Samuel s'enquit de sa corvée du jour.

— Je dois m'absenter cet après-midi. Tu feras ta leçon d'écriture quotidienne puis tu t'occuperas de préparer les griffes du diable.

Le jeune homme releva la tête comme s'il venait d'entendre le démon en personne le saluer.

— « Les griffes du diable » ?

— Ça y est, encore mon écho qui résonne ! s'amusa le Diable Noir.

L'homme se leva, alla chercher l'un des sacs achetés le matin même au marchand ambulant. Il l'ouvrit, mesurant la frayeur sur le visage de son protégé, en renversa le contenu sur la table et expliqua :

— Tu en réduiras une en lamelles, sur laquelle tu verseras ensuite un bol d'eau bouillante. Puis on laissera macérer ça jusqu'à demain.

Samuel se pencha, presque déçu de ne voir que des racines séchées éparpillées.

— Pourquoi nommer ces simples racines « griffes du diable » ?

— Parce que le fruit de cette plante est muni de griffes et qu'elles s'accrochent comme autant de harpons sur les animaux. Lorsqu'elles pénètrent sous les sabots du bétail, elles propagent des maladies par les blessures qu'elles infligent. Cette plante n'existe pas en France et c'est Ahmed qui me la procure.

— Et ça guérit ?

— Pour sûr, sinon je n'en rechercherais pas à grands frais ! La potion est très amère et âpre à avaler, mais elle est très efficace contre les douleurs des articulations et des muscles, ainsi que les problèmes de digestion. Mais rappelle-toi bien qu'elle est déconseillée aux femmes enceintes.

Puis, ramassant sa besace, l'homme quitta *La Diablerie.*

Samuel nettoya la table et mit de l'eau à chauffer pendant qu'il débitait une racine en lamelles. Le résidu à macérer ayant été recouvert d'un couvercle de bois, il s'attela à sa leçon d'écriture.

La porte cochère grinça sur ses gonds et le jeune homme tendit le cou : Ambrine arrivait, panier en main.

— La journée est belle, je vais ramasser des mûres ! annonça-t-elle.

Samuel rangea son crayon d'ardoise et referma son manuel. L'excuse était toute trouvée pour se changer les idées.

— Je t'accompagne avec plaisir.

Il saisit le panier vide de son amie et lui emboîta le pas.

L'air doux et ensoleillé promettait une agréable récréation.

— Tu n'as pas l'impression d'être l'esclave du Diable Noir ? Lui, je le vois toujours enfermé dans son antre, ou occupé à l'extérieur, tandis que tu te charges du ménage, du jardin, de la cuisine et de la lessive comme une femme !

— Détrompe-toi, je suis loin d'être mal traité ! Certes, j'accomplis toutes les tâches que tu énumères, mais cela paie le gîte et le couvert ; de plus, je reste libre de mon temps en dehors des corvées. Je dois même avouer que cela ne me déplaît pas car je me sens utile. De quoi aurais-je à me plaindre ? Sans compter que le Diable Noir m'apprend à lire et à écrire et me transmet son savoir inestimable.

— Il t'a surtout appris à « écouter » les animaux morts ! se moqua-t-elle.

— C'est vrai qu'au début, avec ses histoires de mouches et d'insectes, je le prenais pour un fou ; mais à présent, j'ai compris l'importance de son art.

Samuel s'arrêta et tendit le bâton.

— Regarde ! Des groseilles sauvages !

Les jeunes gens firent leur cueillette tandis que Samuel racontait sa curieuse rencontre avec Ahmed. À l'issue, ils revinrent sur leurs pas en ramassant ici ou là une racine ou une plante utile.

À l'orée de la maison, le cœur de Samuel s'étrangla : entravé et malmené par des gens d'armes, Gédéon était poussé sans égard dans un chariot.

L'instant d'effroi passé, le jeune homme se précipita.

— Que faites-vous ? Lâchez-le ! hurla-t-il, tentant de s'interposer.

L'un des gardes le repoussa avec violence.

— Dégage de là ou on t'arrête aussi !

Samuel allait bondir une nouvelle fois lorsqu'Ambrine le retint par la manche.

— Tu ne lui seras d'aucune utilité s'ils t'emmènent aussi !

Gédéon ajouta :

— Elle a raison.

— Pourquoi vous arrêtent-ils ? De quoi vous accuse-t-on ?

— D'un crime que je n'ai pas commis !

Dévasté par cet événement inattendu, Samuel resta les bras ballants, les larmes aux yeux, tandis que la garde entraînait son mentor. Son regard affolé erra d'un visage à l'autre comme s'il y cherchait quelque soutien inespéré, se fixa sur l'endroit où plusieurs gens d'armes étaient regroupés. Alors seulement il remarqua, allongé sous un arbre, le cadavre d'un homme, couvert de sang.

XIV

DENT-DE-LION

Deux gens d'armes approchèrent une claie pour y installer le corps.

Poussé par son instinct, Samuel s'élança en criant :

— Non ! Attendez !

Les gardes levèrent sur lui des yeux troubles.

Incapable de réfléchir pour l'heure, Samuel ne cherchait qu'à gagner du temps. Il lança :

— Laissez-le ! Ne l'emmenez pas !

L'un des hommes en armes réagit :

— Tu ne crois tout de même pas qu'on va abandonner un bourgeois aux bêtes sauvages ?

Une sueur froide s'empara du jeune homme, conscient de ce qu'il allait demander.

— Laissez-le-moi seulement un peu !

— Pour quoi faire ?

Que répondre ? L'esprit de Samuel était à ce point

confus qu'il n'en savait rien. Il lâcha la première idée qui lui traversa l'esprit :

— Lui parler !

La couronne de visages s'entreregarda, bouche bée. Une voix, venue de l'arrière, leur parvint :

— Parler à qui ?

Toutes les têtes se tournèrent dans la même direction. Un officier, dans la force de l'âge et de belle prestance, s'approcha. Vu la déférence que les hommes lui témoignaient, il devait avoir quelque importance ; il était grand, bien bâti, et quelque chose se dégageait de lui qui imprimait l'élégance naturelle des gens ayant une belle position dans la société.

— Parler à qui ? répéta-t-il, lorsqu'il fut à leur hauteur.

— Au mort ! risqua Samuel.

— Attention à ce que tu dis, c'est l'officier de la garde, lui murmura Ambrine.

L'homme dévisagea longuement son interlocuteur d'un regard si clair qu'il semblait transparent.

— Je ne suis pas certain d'avoir compris : tu prétends parler aux morts ?

Bien que pris de court, Samuel se composa un aplomb serein avant de répondre d'un seul tranchant :

— Oui.

— Et qui es-tu ? demanda encore l'officier.

Son interlocuteur savait qu'il n'avait pas droit à l'erreur, que la vie de son mentor était désormais entre ses mains. L'heure n'étant plus à la demi-mesure, il répondit :

— Je suis l'associé du Diable Noir…

Un silence consterné suivit sa déclaration. Samuel jeta un regard dérobé à Ambrine, qui le fixait d'un œil vide. Il réalisa son inconscience : s'il était arrêté, tout était perdu. Mais les dés étaient lancés, il était trop tard pour se dédire. L'homme de loi réagit singulièrement et lâcha, malicieux :

— Tu parles aux morts… Tiens donc… Je voudrais bien entendre votre conversation !

Ahuris, les gardes attendaient l'issue de cette scène singulière. D'un simple geste, l'officier fit reculer ses hommes.

En fixant le cadavre, Samuel réalisa son inconscience. Il était au pied du mur et ignorait comment procéder, encore moins par où commencer. Par quel moyen gérer le problème qui se présentait à lui ? Il n'en avait aucune idée et, pour couronner le tout, sa tête était plus vide que le ventre d'un affamé. Sans doute donna-t-il l'impression de réfléchir car personne ne le questionna.

Ambrine le pinça et lui souffla :

— Dis quelque chose, n'importe quoi !

Samuel la fixa, le regard stérile : il aurait bien aimé avoir une idée, mais rien, pas la moindre, ne lui venait… Ses pensées étaient comme les aigrettes des dents-de-lion[11] qui se dispersent au vent…

Trois mots, si souvent martelés par Gédéon, finirent par trouver leur chemin dans son esprit brumeux : « observer, analyser, conclure ! » Il contempla le cadavre comme s'il en implorait l'aide. L'épisode de la découverte du corps de Gisèle lui revint en mémoire. Se souvenant de la procédure adoptée par Gédéon, Samuel décida de s'y calquer point par point. Au moins cela permettrait à son esprit de trouver une piste, même infime. Et à lui de gagner un peu de temps pour remettre ses idées en place.

— Il faudrait que les gardes s'éloignent de cinq à dix pas pour me laisser œuvrer.

Un simple signe de tête de l'officier suffit à obtenir ce qu'il avait demandé.

« Observer, analyser, conclure… » Observer était bien la seule chose que Samuel se sentait capable de faire ! Il s'approcha du trépassé et, comme il l'avait vu faire à Gédéon, il inspecta le sol d'un œil aiguisé. Pas à pas. Il s'agenouilla près du corps… *Observer…* Les asticots avaient

11. Dent-de-lion ou Taraxacum. Le mot « pissenlit » n'est pas connu avant le xve siècle. De fait, les vertus diurétiques de la plante lui ont donné le nom de « pisse-au-lit », pisse-en-lit.

commencé leur œuvre et mangé les orbites. Les lèvres, également dévorées, laissaient apparaître un rictus comme si le mort riait à pleines dents pour se moquer de son incapacité ! Surmontant sa répugnance, Samuel examina les abords du cadavre... *Observer*... Les premiers insectes nécrophages[12], qu'il reconnaissait pour les avoir dessinés et étudiés, arrivaient à la table du festin. Leur marche lente semblait vouloir secourir le jeune homme et libérer son cerveau de son angoisse. Samuel en oublia la présence autour de lui et *observa*.

Perdant visiblement patience, l'officier se pencha et, comme s'il s'agissait de ne pas réveiller un enfant endormi, il lui murmura :

— Que fais-tu ? Tu pries ?

Samuel leva sur l'homme son visage concentré.

— J'observe « l'horloge à l'envers ».

Le gradé marqua sa surprise :

— « L'horloge à l'envers » ? C'est quoi, ça ?

Après un nouveau coup d'œil à Ambrine, Samuel expliqua ce que Gédéon lui avait appris sur le sujet :

— On peut définir le jour, parfois l'heure du décès par l'étude des travailleurs de la mort.

Il tenta de se souvenir des leçons de Gédéon et remercia le ciel de ne voir que peu d'insectes se ruer à la table

---

12. Nécrophages : qui mangent les cadavres.

du festin. Comme pour réviser ses connaissances selon ce qu'il avait sous les yeux, et pour se donner le temps de réfléchir, il expliqua :

— La première vague d'insectes arrive seulement quelques minutes à quelques heures après la mort : ce sont les mouches ; elles viennent pondre leurs grappes d'œufs dans les orifices naturels ; de préférence, comme vous le voyez, les yeux, le nez et la bouche, ainsi que les plaies, parce qu'elles sont humides. Ces œufs – une mouche peut en pondre jusqu'à deux cents – se nourrissent des chairs mortes en devenant des larves ; ces larves s'entourent d'un cocon, ou pupe, qu'elles brisent une à deux semaines plus tard, selon le temps qu'il fait, pour en sortir mouches adultes. Pendant ce temps, chaque phase de fermentation des chairs produit une odeur caractéristique qui attire une deuxième vague d'insectes dans le mois qui suit, comme ceux que vous voyez ici. En tout, huit vagues de travailleurs de la mort se succèdent pour dévorer un cadavre, sur une période d'un an environ.

Le lieutenant hésita, scruta les réactions de ses hommes, qui moqueurs, qui incrédules, qui effrayés par ces éclaircissements insolites.

Contre toute attente, et après une longue réflexion, l'officier donna une réponse inattendue :

— Ce que tu dis me laisse perplexe. Je dirais même que ça m'intéresse de voir comment tu procèdes. Puis-je faire appel à un mire[13] ?

Sans attendre de consentement, il interpella un garde :

— Vous, allez prévenir la mirgesse Héloïse. Dites-lui bien qui vous envoie et pourquoi.

L'homme d'armes se mit en route au pas de course. Samuel hésita :

— En quoi le mire a-t-il à voir avec un mort trouvé sur le chemin ?

— La mirgesse Héloïse, qui pratique les amputations, s'intéresse de près à la putréfaction des chairs.

L'idée de la présence d'un spécialiste sur les lieux déstabilisa Samuel. D'un seul mot, la mirgesse pouvait réduire à néant tous ses efforts. Pourtant il n'insista pas et, pour éviter toute question gênante, s'accroupit à nouveau près du cadavre… On le laissa faire et personne n'intervint plus.

De temps à autre, il relevait la tête sur Ambrine, qui le fixait d'un regard fiévreux.

Le galop lointain d'un cheval annonça un venant. Une cavalière d'âge mûr, vêtue simplement, glissa de sa monture. Son visage au teint mat, encadré d'une

---

13. Nom du médecin, au Moyen Âge. Le féminin est « mirgesse ».

lourde chevelure noire nattée, mettait en valeur des yeux couleur de miel et une bouche bien dessinée. À l'empressement galant de l'officier, il était clair que la jeune femme ne le laissait pas indifférent.

Le couple, au demeurant bien assorti, échangea quelques mots en aparté. Enfin il s'approcha de l'endroit où officiait Samuel. La mirgesse salua le jeune homme et, après un coup d'œil évasif au corps, elle demanda d'un air grave :

— Il paraît que vous cherchez à disculper votre associé par la grâce des insectes ?

— Cela paraît risible mais, en effet, nous appelons cette technique « remonter l'horloge à l'envers ».

Elle le dévisagea, manifestement intriguée. L'officier, qui visiblement cherchait à se faire valoir devant sa belle, ajouta :

— Son explication m'a étonné et j'ai jugé que sa méthode pouvait avoir quelque intérêt pour vous.

Elle sourit aimablement au fringant, dévisagea encore Samuel, puis s'agenouilla près du cadavre et l'examina à son tour. L'officier s'éloigna pour donner des instructions à ses gardes, moment que Samuel mit à profit pour confesser :

— De fait, je l'avoue, je ne suis que le *factotum* du Diable Noir. J'ai bien peur d'être encore novice au regard d'un corps humain car je n'ai étudié que deux cadavres, dont un loup…

Sur le même ton de l'aveu, la jeune femme lui souffla :

— De la chair morte reste de la chair morte. On me nomme mirgesse alors que je ne suis que fille de barbier. Je suis passée maîtresse dans l'art de recoudre les plaies, réduire les fractures ou amputer, grâce à mon expérience sur les champs de bataille aux côtés de mon père. Alors conjuguons nos forces et voyons ce qu'il en sort d'honorable pour la science… Le savoir de l'un, ajouté à celui de l'autre…

Cet adage rappela à Samuel celui qu'il avait entendu de la bouche de Gédéon. Il conclut :

— Devient le Savoir universel !

La mirgesse se remit sur pied et, s'adressant au lieutenant :

— Mon cher Grégoire, votre ouverture d'esprit vous honore et je vous suis reconnaissante de m'associer à cette curieuse expérience.

Troublé par la louange, le lieutenant rosit de confusion.

— Merci, Héloïse. J'ai en effet trouvé originales les idées de ce jeune homme en matière d'insectologie[14]

---

14. Le terme « entomologie » n'existe pas avant le XIXe siècle. Le mot insectologie vient du latin *insectum*, calqué sur le mot grec *éntomon* (découpé) en trois parties : la tête, le thorax et l'abdomen.

et pensé qu'elles pourraient également vous intéresser.

— Que n'ai-je dix amis comme vous ! Si vous nous laissez toute latitude, nous allons étudier ce corps ensemble.

Flatté, l'officier s'empressa. Les gardes, mis au repos, se dispersèrent alentour en attendant de nouveaux ordres.

XV

CLOPORTES ET SCOLOPENDRES

Samuel et la mirgesse Héloïse étaient penchés sur le cadavre.

— Il faudrait rouler le corps sur le côté, proposa Samuel.

— Pourquoi ? interrogea l'officier, qui les avait rejoints.

— Un peu de patience, cher ami, le rabroua aimablement Héloïse.

Samuel palpa la terre sous le cadavre, inspecta la faune et conclut :

— Ce corps a été traîné jusqu'ici, mais l'homme est mort ailleurs.

— Quelle importance puisque de toute manière il est mort ? rétorqua l'officier comme une évidence.

Faisant fi de la remarque, Samuel se releva et, sans quitter le sol du regard, il suivit une piste, qui le conduisit en contrebas.

— Où allez-vous ? demanda Héloïse en le rejoignant.

Ambrine et le lieutenant leur faisaient escorte, tout aussi intrigués.

— Regardez la cohorte d'insectes nécrophages : attirés par l'odeur, ils montent vers l'endroit où se trouve le cadavre et...

Samuel chercha encore attentivement, s'agenouilla, examina le sol, y passa le bout des doigts. Ses idées s'éclaircirent peu à peu et les leçons tirées de son expérience avec Gédéon au bord du marais prirent forme.

— La victime a été tuée ici !

— Comment peux-tu l'affirmer ? demanda l'officier, perplexe.

La mirgesse s'était accroupie et, à son tour, examina le sol, y passa les doigts, qu'elle renifla après coup. Relevant la tête, elle expliqua :

— Après le décès, les sphincters se relâchent, l'anus et la vessie ne peuvent plus contenir les urines et les selles. Cette soupe nauséabonde se répand naturellement sous le corps. Notre ami a raison : ici, l'endroit est humide, recouvert de mouches et d'asticots et ça empeste, alors que le sol, là-haut, est sec.

— Intéressant, mais ça ne nous donne pas le nom de l'assassin ! opposa l'officier.

Héloïse fit un effort pour garder son calme, sourit avec politesse et murmura :

— En cela vous avez bien raison, mon cher Grégoire !

Ils remontèrent jusqu'à l'endroit où gisait la victime.

— Tu dis que le corps a été déplacé : peut-être sont-ce des bêtes sauvages qui l'ont traîné jusque-là ? intervint Ambrine.

— Une bête peut en effet traîner un corps à la force de ses mâchoires pour le dévorer dans un coin en toute tranquillité. Mais vu le poids à déplacer, elle le tirera soit à l'horizontale, soit du haut vers le bas, mais jamais du bas vers le haut car cela constituerait un trop grand effort pour elle, répondit Samuel, sûr de lui.

— Vrai ! constata le lieutenant, qui se piquait au jeu.

Soudain, à la faveur du soleil couchant, un filament apparut en évidence sur le cadavre. Samuel le recueillit, le brandit à la vue de tous et fit part de son raisonnement :

— Comme vous le voyez, l'homme assassiné est grisonnant. La mirgesse est brune, vous et moi aussi, mais ce cheveu est châtain. Il est court, ce n'est donc pas celui d'une femme, ajouta-t-il en pointant Ambrine du regard.

Laissant les autres à leur réflexion, il réalisa que ce qu'il venait de dire constituait l'un des piliers enseignés par Gédéon : « analyser ». Il avait fait deux grands pas : « observer, analyser… » « Et pour une fois dans l'ordre ! » aurait ajouté Gédéon.

— Ça englobe beaucoup de suspects et ça pourrait être un poil de chien ou de bête quelconque… tenta encore le lieutenant.

Samuel répéta mot pour mot ce qu'il avait tant de fois entendu de la bouche du Diable Noir :

— Peut-être, mais c'est un indice à ne pas négliger et, quoi qu'il en soit, il ne faut en tirer aucune conclusion hâtive.

Ralliée à sa cause, Héloïse déplia un linge propre, dans lequel elle déposa le cheveu. Après avoir soigneusement refermé le carré de toile, elle le glissa dans la petite poche qui pendait à sa ceinture.

— Ça ne coûte rien de le considérer à la lumière du jour, Grégoire. J'aimerais également examiner le corps. Pouvez-vous le faire transporter jusqu'à mon officine ?

L'officier désapprouva :

— Laisser chez vous un cadavre garni d'asticots fera fuir vos patients ! Sans compter l'odeur !...

En cela, il ne rencontra aucune objection.

La proposition de Samuel de le déplacer à *La Diablerie* se solda elle aussi par un refus catégorique :

— On ne peut entreposer un cadavre chez son assassin ! (Il se tourna vers les gardes.) Dès que ce jeune homme en aura fini avec ses insectes charognards, emportez le corps.

Samuel lança un regard suppliant à la mirgesse mais elle s'excusa, désolée :

— Je dois malheureusement retourner à mon officine et sur tous ces points, le lieutenant a raison.

L'officier offrit sa main à Héloïse et l'aida à se remettre en selle en lui proposant :

— Le jour décline, permettez que je vous escorte jusqu'au bourg.

Elle approuva d'un simple sourire. Le fringant amoureux aida la jeune femme à se hisser sur sa monture, fit de même, et le couple s'éloigna. Parce qu'il en connaissait l'enjeu, Samuel supplia les gens d'armes :

— Je dois récupérer le nécessaire pour prélever quelques insectes et je fais au plus vite. Je vous demande encore un peu de patience : ne déplacez rien avant mon retour.

L'un des gardes, sans doute le chef du petit groupe, acquiesça. Attrapant Ambrine par la main, Samuel l'entraîna avec lui au pas de course et ordonna :

— Tu dois rentrer chez toi car la nuit tombe et ta mère va s'inquiéter !

Son amie soupira de déplaisir mais, admettant qu'il avait raison, elle s'en sépara à la croisée des chemins.

Au retour de Samuel sur les lieux du crime, les gardes conversaient entre eux, les uns debout et le dos appuyé à un tronc d'arbre, les autres assis à même le sol. Sur l'ordre du plus gradé, deux d'entre eux se levèrent et allèrent surveiller les faits et gestes de celui qui prétendait parler aux morts.

Samuel posa sa besace près du corps, en extrait quelques petits sacs de toile, un ou deux petits pots, ainsi qu'une pince métallique. Comme il avait vu son protecteur faire, il ramassa tout ce qui pouvait ressembler de près ou de loin à un indice. Il hésita devant des insectes qui n'avaient peut-être aucun lien avec l'affaire mais prit le parti de les emporter aussi.

Sa tâche achevée, Samuel confia la dépouille aux bons soins des gardes. Le corps fut déposé sur une claie. Tandis que le groupe armé s'éloignait, et soucieux de n'avoir omis aucun détail, Samuel repassa la scène en revue. Dans le doute, il s'approcha encore de l'endroit où l'on avait trouvé la victime et fouilla une nouvelle fois le sol à s'en user les yeux. Mais force fut pour lui de constater que la nuit tombante enveloppait le monde dans son manteau aveugle. N'ayant d'autre choix pour l'heure, le jeune homme rentra chez lui en serrant précautionneusement la besace détentrice de la liberté ou de la mort de Gédéon.

XVI

SOUCIS ET PENSÉES

À ressasser sa peur et ses doutes, Samuel ne ferma pas l'œil de la nuit. Toutes ses pensées se concentraient sur Gédéon : accusé de meurtre, son mentor allait être présenté à ses juges. S'il plaidait coupable, ou s'il avouait son crime durant les interrogatoires – pour ne pas dire la torture –, son aveu signerait sa peine de mort. S'il maintenait sa position, l'affaire serait renvoyée à plus tard pour être instruite.

Samuel saurait-il relever le défi, lui qui avait toujours laissé le Diable Noir lui donner des ordres ou des conseils sans jamais réfléchir de son propre chef ou prendre la moindre initiative ? Par paresse ou par facilité, il n'avait été qu'un exécutant bête et servile, faisant ce qu'on lui ordonnait, posant des questions, certes, mais pas toujours les plus pertinentes. Toutes celles qui lui vrillaient à présent l'esprit étaient celles restées sans réponse, faute de les avoir posées au bon moment. Il avait perdu sa béquille – son mentor – et devait à présent marcher seul et sans appui.

Levé bien avant l'aube, et sans pouvoir rien avaler, il procéda à sa toilette. Prêt à se rendre devant la Cour de justice qui devait présider l'audience décisive, sa besace bien calée sur son épaule – il s'était assuré qu'il ne manquait rien –, il passa la porte cochère. Ambrine attendait sur le chemin. Surpris, le jeune homme la rabroua :

— Mais que fais-tu ici ?

— Je n'arrivais pas à dormir ! J'ai raconté votre malheur à ma mère et elle m'autorise à rester avec toi. Je n'osais pas frapper de peur de te réveiller.

— Me *réveiller* ? As-tu cru un seul instant que j'aurais pu fermer l'œil ?

Elle baissa la tête, blessée par le ton agressif. Réalisant son attitude peu cordiale, Samuel se ressaisit et lui posa une main sur l'épaule, laissant un silence de regret planer sur eux. Apaisée, la jeune fille souleva un pan de son écharpe, qui laissa apparaître un morceau de tourte. Elle la lui tendit :

— J'ai pensé qu'avec tout ce qui est arrivé, tu n'as rien dû manger depuis hier !

Ému, Samuel la remercia et prit la nourriture, qu'il se fit un devoir d'avaler malgré son estomac noué.

Les jeunes gens prirent la direction du bourg en silence. L'esprit de Samuel était troublé par une crainte supplémentaire : et si un anonyme ayant assisté à son procès devant le seigneur de Valdras, passant par le bourg et attiré au tribunal par « l'affaire du Diable Noir », le reconnaissait ? Ce type d'intrusion anéantirait ses chances de sauver Gédéon.

Les deux amis arrivèrent dans la salle d'audience. La foule, toujours avide de sensations, commençait à s'amasser dans un brouhaha de commentaires. Visiblement, le bouche-à-oreille avait fonctionné ! Sans doute chacun espérait-il, autant qu'il le redoutait, une confrontation à coups de sortilèges entre les hommes de loi et le condamné… Car pour ces badauds, condamné il l'était déjà !

Samuel guetta nerveusement la porte : le temps s'égrenait sans que la mirgesse soit apparue. Même le lieutenant amoureux lui aurait apporté quelque réconfort, mais lui aussi était absent. L'attente finit par exaspérer le jeune homme qui, agacé, passa ses nerfs sur Ambrine :

— Mais où sont-ils ? La mirgesse Héloïse devait identifier l'origine du poil ou cheveu que j'ai trouvé hier sur le corps !

Sans hésiter, son amie fit une demi-volte. Samuel la rattrapa de justesse par le bras.

— Où vas-tu ?

— Je vais la chercher.

— Tu sais où elle habite ? s'étonna le jeune homme.

— Non, mais je me débrouillerai, quitte à crier son nom dans les rues ! Quelqu'un saura bien me renseigner !

Décidée, elle se libéra de l'étreinte et se précipita vers la sortie.

Contrarié, Samuel se fraya un passage jusqu'au premier rang et attendit, agité par ses propres démons.

Une porte latérale s'ouvrit sur les juges, qui prirent place derrière le pupitre de justice, dans un silence devenu total. Lorsque Gédéon fut introduit dans la salle, escorté par des gardes, Samuel offrit à son maître un regard bouillonnant d'incertitude. La cloche sonna le début d'audience et l'accusation prit la parole :

— Le ci-nommé… euh… « Diable Noir », alchimiste de son état, est accusé d'avoir assassiné sire Cléandre de Mortillac.

Il tendit une bourse au magistrat tout en poursuivant :

— En voici la preuve : cette bourse, retrouvée sur l'accusé, est vide des deniers qu'elle contenait ! Il y a trois jeudis de cela, après vêpres, le coupable ci-nommé a été vu en compagnie de messire Cléandre, comme en attestent deux témoins !

D'un geste, il fit approcher deux paysans qui, chapeau à la main, confirmèrent à la barre : oui, la conversation entre le coupable et la victime leur avait semblé houleuse ; ledit Diable Noir avait même pesté contre messire Cléandre et tapé furieusement le sol du pied avant de s'éloigner.

Après avoir écouté les dépositions, le juge principal se tourna vers le procureur.

— L'accusé a-t-il avoué ? Donné une explication ?

Le Parquet répondit :

— Ledit Diable Noir admet avoir eu cette conversation avec messire Cléandre, mais il nie l'avoir tué…

Le juge fixa Gédéon. De son éternelle voix posée, le Diable Noir expliqua :

— Messire Cléandre était, depuis fort longtemps, intrigué par mes travaux et voulait que je lui confie le moyen de transformer le plomb en or.

Un bruissement sacrilège agita la foule. Le juge objecta :

— Vous accusez ici un mort, lequel n'a plus les moyens de se défendre, d'être intéressé par l'alchimie ? En d'autres termes, de faire commerce avec le diable ?

— Je vous dis ce que je sais… Messire Cléandre m'avait promis une certaine somme si je lui en révélais le moyen. Je lui ai traduit et recopié une recette ancestrale d'alchimie, qu'il avait promis de me payer à sa juste valeur. Comme il ne voulait pas que l'on soit vus ensemble, il m'avait donné rendez-vous sur ce bord de chemin. Le jour dit, j'ai apporté mes formules, qu'il a enfouies dans sa besace. Au moment de me payer, il m'a confié la bourse que vous avez entre les mains, mais vide. À mon étonnement contrarié, messire Cléandre a répondu avec ironie que si j'étais capable de produire autant d'or que je le désirais, quel besoin avais-je d'être payé de quelques pièces ? Selon lui, une bourse vide suffisait à y placer les richesses que je pouvais moi-même produire. Alors oui, nous avons échangé des paroles de désaccord à cause de cela, mais aussi parce que je voulais récupérer ma formule et qu'il a refusé de me la rendre ! Pourtant, je l'affirme : je l'ai quitté vivant et en bonne santé.

Samuel chercha dans ses souvenirs : certes, un soir, le Diable Noir était rentré de mauvaise humeur, mais rien dans son comportement n'aurait laissé présager qu'il venait de tuer un homme. Impuissant, il chercha la porte du regard avec l'espoir désespéré qu'Ambrine allait arriver, accompagnée de la mirgesse. Mais la porte restait désespérément close.

Le juge se tourna vers le procureur.

— A-t-on retrouvé le document en question au domicile de la victime ?

— Non, répondit l'officier. Ni à son domicile ni sur le corps du défunt.

Le magistrat laissa passer un silence avant de questionner encore :

— L'accusé a-t-il d'autres éléments de preuve à apporter pour sa défense ?

Celui-ci secoua la tête.

— Que plaidez-vous ?

— Je suis innocent du crime dont on m'accuse ! Je le dis haut et fort ! martela Gédéon.

L'accusation entama sa plaidoirie, évoquant les circonstances du meurtre, soulignant l'horreur du crime perpétré par « ce personnage énigmatique », ce « Diable Noir » dont la réputation était auréolée d'une odeur de soufre.

Le cœur de Samuel battait à tout rompre, ses mains s'agitaient, ses yeux allaient des juges à son protecteur, de la foule à la porte.

Les magistrats devisèrent entre eux à voix basse avant d'annoncer :

— Nous allons nous retirer pour délibérer. Le verdict sera proclamé après le déjeuner.

Le juge actionna la clochette annonçant la fin des débats. Les regards tristes de Gédéon et de Samuel se croisèrent, dans l'un comme dans l'autre on pouvait lire toute la détresse du monde. Le prisonnier emmené, le jeune homme se tourna vers la porte. Ni Ambrine, ni Héloïse, ni le lieutenant n'étaient parus. Résigné, il quitta la salle d'audience, mêlé à la foule.

XVII

L'HORLOGE À L'ENVERS

Samuel, qui n'avait pas voulu s'éloigner du lieu de justice, attendait la reprise de l'audience, assis sur les marches. Il jetait des regards affolés à droite, à gauche, fouillant la foule d'un œil pressant, furieux contre la mirgesse d'avoir négligé son engagement et Ambrine de ne l'avoir pas trouvée.

L'audience reprit sans que ni l'une ni l'autre soit parue. Les badauds garnirent à nouveau la salle d'audience et, après une dernière prière impuissante, Samuel n'eut d'autre choix que de les suivre. Il reprit place au premier rang et, le cœur lourd, accueillit une nouvelle fois l'entrée de la cour de justice et de Gédéon, dont l'attitude calme aurait laissé croire que ce procès n'était pas le sien.

La cloche sonnant le début des débats fit taire tous les bruits. Le magistrat principal prit la parole :

— Après avoir écouté les faits, et voyant qu'il n'y a aucun nouveau témoin à la défense comme à l'accusation…

Le souvenir du sablier égrenant son dernier résidu de poudre frappa l'esprit de Samuel. Il leva la main en désespoir de cause, terrifié à l'idée de ce qu'il allait dire.

— Monsieur le juge, puis-je prendre la parole ?

L'homme en robe de justice plissa les yeux dans sa direction, acquiesça et le fit approcher.

— Identifiez-vous ! somma le procureur.

Le témoin jeta un regard rapide à Gédéon et crut lire une semonce dans ses yeux. Se souvenant du nom d'un voisin de ses parents il improvisa :

— Je me nomme Jean, fils de Jacques le serrurier. Je travaille depuis plusieurs mois avec le dénommé « Diable Noir » et suis en mesure de témoigner de sa bonne conduite et de sa loyauté. S'il faisait commerce avec le diable, croyez bien qu'en bon chrétien que je suis, je ne serais pas resté à son service.

Le juge fit un geste en direction du secrétaire de séance.

— Notez sa déclaration, pour ce qu'elle vaut.

Le préposé trempa son calame dans l'encrier, plongea la tête sur son registre et fit gratter la plume sur le parchemin. Samuel se tourna vers la porte, irrémédiablement close, et soupira de désespoir. Son regard se reporta sur Gédéon comme s'il cherchait dans ses yeux le courage de poursuivre. Le procureur s'impatienta :

— Vous avez demandé la parole, alors qu'avez-vous à ajouter ? Pouvez-vous apporter quelque preuve tangible pour disculper l'accusé ?

S'efforçant de garder son calme, Samuel reprit :

— J'ai travaillé un temps avec un fossoyeur qui m'a appris bien des choses sur la nature, notamment sur l'insectologie.

La foule murmura, les juges se consultèrent avec ébahissement.

— Et que viennent faire les insectes dans ce procès ? interrogea le magistrat principal.

— Puis-je m'approcher du pupitre de justice ? demanda Samuel.

On le lui accorda.

Arrivé devant la grande table, le cœur battant, le jeune homme ouvrit sa besace et en extirpa des petits sacs de toile qu'il avait utilisés lors de son examen du cadavre. Il les posa devant les juges, les ouvrit l'un après l'autre pour dévoiler leur contenu. Goûtant à leur liberté retrouvée, ou désorientés par la lumière du jour, les insectes se mirent à détaler en désordre.

Effrayé par ce spectacle imprévu, le juge eut un mouvement de retrait et, le dos collé au dossier de sa chaise, il s'écria :

— C'est quoi, cette horreur ? Vous moquez-vous de moi ? Gardes, jetez-moi cet énergumène à la rue ou je le fais mettre au cachot pour insulte à magistrat.

Un huissier accourut et balaya la table à l'aide de son avant-bras. Voyant les gens d'armes s'approcher pour le saisir, Samuel s'empressa d'ajouter :

— Ce que je vous montre, monsieur le juge, est l'horloge à l'envers…

La remarque provoqua l'hilarité générale.

— Belle horloge, en effet : des asticots, des scarabées et des scolopendres !

Un dernier coup d'œil fiévreux à la porte, qui refusait obstinément de s'ouvrir sur Héloïse et Ambrine, et Samuel expliqua publiquement ce qu'il savait de la ronde des insectes. Le président de séance, qui l'avait écouté d'un air perplexe, l'interrompit enfin :

— Vous prétendez nous convaincre que ces insectes dévoreurs de cadavres peuvent nous renseigner sur le jour de la mort ?

— Oui, monsieur le juge, comme la date de naissance d'un enfant permet de remonter à celle de sa conception. Certes, le Diable Noir a rencontré la victime et il ne l'a jamais nié. Certes, les témoins ont vu les deux hommes parlementer vigoureusement. Mais l'accusé a quitté un messire Cléandre encore en vie. Le reste de la soirée, j'en suis garant, il était avec moi.

Le représentant du Parquet s'avança et vociféra :

— Ce témoignage ne peut être accepté par une Cour de justice ! Ces deux hommes travaillent ensemble, sont associés, donc complices. Nous avons deux témoins et, qui plus est, il est impossible de dater une mort avec des insectes !

Le juge agréa d'un signe de tête. Tout semblait perdu lorsque, comme par miracle, la porte s'ouvrit sur Héloïse et Ambrine.

Après un coup d'œil circulaire à la salle comme si elle cherchait à s'y repérer, la mirgesse fendit la foule et s'approcha du pupitre des débats.

— Veuillez pardonner mon retard, monsieur le juge, j'ai été retenue par un patient.

— À vrai dire nous n'étions pas avertis de votre visite et, par conséquent, nous ne vous attendions nullement, ironisa l'intéressé.

Héloïse sortit un linge de sa pochette, glissa rapidement un mot à l'oreille de Samuel. Le juge lorgna la jeune femme de l'air de celui qui attend une explication et, semblant la reconnaître, la questionna :

— N'êtes-vous pas la raccommodeuse de membres sectionnés ? Qu'avez-vous à voir dans cette affaire ?

— Monsieur le juge, je me suis rendue sur les lieux du crime, hier, à la demande de messire Grégoire de Tillac, l'officier supérieur de la garde, et ai assisté aux premières constatations de ce jeune homme…

Le juge se laissa tomber sur le dossier de sa chaise.

— Ne me dites pas qu'il vous a débité son histoire farfelue d'horloge à mille-pattes ?

Hésitante, car elle ignorait ce qui s'était dit en son absence, Héloïse joua la prudence :

— En effet, monsieur le juge, et sa théorie me semble tout à fait acceptable. En outre, ce jeune homme a trouvé un filament sur la dépouille et il m'a demandé de rechercher s'il s'agit d'un cheveu humain ou d'un poil de bête.

Elle posa le linge sur le pupitre du juge, le déplia avec précaution tout en expliquant les circonstances de cette découverte.

— Monsieur le juge, il s'agit bien d'un cheveu humain. Il est châtain clair, donc ne correspond à aucune des chevelures ici présentes sur le banc des accusés ; il est court, donc il s'agit de celui d'un homme…

Le juge observa la preuve, perplexe :

— Certes, certes, mirgesse, mais en quoi un cheveu sur un pourpoint disculperait-il l'accusé ? Sire Cléandre peut avoir tenu un jeune enfant blond dans ses bras, un cheveu peut s'y être déposé par le hasard d'un courant d'air ou par un simple contact… Quant à vos histoires d'asticots et de remontée dans le temps, ils ne prouvent pas davantage que la victime a été tuée un samedi plutôt qu'un jeudi, comme une date de naissance ne peut confirmer qu'un bébé a été conçu un jeudi matin plutôt qu'un vendredi soir… N'est-ce pas ?

Héloïse soupira, défaitiste, et garda le silence. Il aurait été bien hasardeux en effet d'affirmer le contraire ! Elle adressa à Samuel un regard désolé. Que restait-il d'autre à faire ? Ils avaient épuisé leurs arguments, avaient tenté ce qu'ils pouvaient sans avoir convaincu la justice.

La salle était en haleine tandis que les magistrats débattaient entre eux dans une grande tension. Enfin, la clochette sonna pour annoncer le verdict. Dans un silence absolu, le juge déclara :

— Vu que deux témoins ont assisté à une discussion houleuse entre la victime et l'accusé, ce que l'accusé admet. Vu qu'un cheveu retrouvé sur un pourpoint ne prouve rien. Vu que des asticots ne peuvent être appelés à une barre de tribunal ni être considérés comme des témoins fiables. Vu que ledit Jean, fils de serrurier, ne peut apporter la preuve de ce qu'il avance, à savoir que l'accusé était avec lui le soir ou le matin de n'importe quel jour. Vu que la bourse vide de la victime a été retrouvée sur l'accusé. Vu qu'il n'a été arrêté aucun autre individu pouvant être coupable. Vu qu'il n'a été retrouvé aucun parchemin ou autre formule chez messire Cléandre. Vu que la victime est bien morte et retrouvée non loin du domicile du dénommé Diable Noir. Vu que la réputation de ce dernier est pour le moins contestable. Vu qu'il n'y a pas lieu de renvoyer à un interminable et coûteux procès… En conséquence, nous déclarons l'accusé coupable de sorcellerie doublée de meurtre et le condamnons à mort. La sentence sera exécutée mardi prochain sur la place de grève, où un bûcher sera dressé à cet effet.

Le monde était en ruines pour Samuel. Il suivit d'un œil hagard la silhouette voûtée de son mentor, que l'on ramenait au cachot. La Cour quitta la salle, laissant la foule à ses commentaires. Ambrine s'approcha de son ami et lui prit la main.

— Il faut garder espoir…

Voyant les yeux de Samuel noyés de larmes impuissantes, la jeune fille ne put retenir les siennes.

La foule s'était délitée. Dans la salle d'audience, désormais vide et apaisée, ne restaient que trois êtres chagrins.

— Nous avons échoué, je n'ai pas été à la hauteur, gémit le jeune homme.

Héloïse tenta de le consoler :

— Ne dites pas cela. Simplement, personne à ce jour n'était intervenu devant une Cour de justice évoquant des mouches et des asticots pour disculper un accusé ! Il est vrai aussi qu'un cheveu ne peut rien prouver ! J'ai bien peur que le seul moyen d'innocenter le Diable Noir soit de trouver le véritable assassin.

Une phrase de Gédéon revint naturellement à l'esprit de Samuel : « On ne retrouve pas toujours le coupable d'un crime, ou alors plus tard par le hasard du destin. » Ils ne disposaient que de cinq jours et « plus tard » sonnait malheureusement comme « trop tard ».

Abattu, Samuel posa sa main sur l'épaule d'Ambrine.

— Viens, rentrons !

XVIII

CINQUIÈME JOUR AVANT LA FIN

Les jeunes gens marchaient côte à côte, chacun perdu dans l'abîme de ses pensées.

— Comment retrouver un assassin en cinq jours ? commença Ambrine.

— C'est impossible car nous n'avons aucune piste. J'ai épuisé toutes mes idées, tous les recours. Nous n'y arriverons jamais, se lamenta Samuel.

Un long silence et son amie suggéra :

— On pourrait interroger les gens ? Peut-être quelqu'un a-t-il vu quelque chose ?

Samuel grogna de chagrin :

— Interroger qui ? Les gens d'armes l'ont déjà fait et les deux qu'ils ont trouvés ont témoigné avoir vu Gédéon et la victime se disputer…

Ambrine pensa à voix haute :

— C'est curieux qu'on n'ait pas vu messire Grégoire

à l'audience aujourd'hui alors qu'il dirige cette enquête.

Samuel fit halte.

— C'est vrai... Il était curieusement absent...

Son amie s'excusa :

— Tu sais, j'ai remué ciel et terre pour trouver la mirgesse afin de l'amener en toute hâte à l'audience. J'avoue que, vu l'urgence et mon angoisse – il m'a fallu attendre qu'elle finisse de recoudre une plaie –, j'avais l'esprit trop agacé pour penser à l'interroger sur le sujet. D'autant que je croyais le retrouver tout naturellement au tribunal !

— Tu n'as pas à te justifier. Je te suis reconnaissant d'avoir eu cette présence d'esprit puisque je ne pouvais être à deux endroits à la fois... D'ailleurs toi, rentre chez toi ; tu as accompli ta part de peine. Je m'en vais chez la mirgesse pour tirer tout ça au clair.

Il tourna les talons et s'éloigna hâtivement. Peu encline à obéir, Ambrine lui emboîta le pas en criant :

— Attends-moi ! Tu ne sais même pas où la chercher !

Elle avait raison. Il objecta pourtant :

— Je ne suis pas plus idiot que toi !

Vexée par la remarque, son amie arbora une mine renfrognée. Trouvant son attitude bien injuste, et pétri de regret, Samuel prit le temps de lui expliquer :

— Ce que je veux dire, c'est que ça ne sert à rien d'y aller à deux, je saurai la trouver comme tu l'as fait ce matin. En revanche, j'aimerais que tu fasses quelque chose pour moi.

Il avait capté son attention et, à nouveau, elle lui offrait son visage engageant. Il poursuivit :

— Nous n'avons rien avalé depuis ce matin. Ce serait vraiment belle chose de ta part que d'aller à *La Diablerie* pour nous préparer un repas. Il faut que nous gardions nos forces et je te déclare gardienne de nos estomacs. Tu peux faire ça pour moi, dis ?

Il avait été convaincant. Elle sourit et répondit :

— Je m'en occupe. Nous en apporterons une part au Diable Noir tout à l'heure.

Samuel lui attrapa les mains, qu'il serra entre les siennes en s'écriant :

— Merci ! Je ne sais pas ce que je ferais sans toi… Je fais au plus vite.

— Et au cas où ça t'intéresserait, l'homme que soigne la mirgesse habite au coin de la rue des bouchers, à l'enseigne du ciseau bleu.

Les jeunes gens se séparèrent sur ces mots.

*

Ambrine avait fait un feu. Elle accrocha le chaudron d'eau à la crémaillère, y jeta quelques légumes puis, aux aguets, elle attendit l'arrivée de son ami. Le ciel se couvrait, annonciateur de pluie. Peu à peu, l'intérieur de la cuisine s'obscurcit comme une tombée de jour en automne. Le ciel émit de longs roulements. Ambrine goûta la soupe, arrivée à bonne cuisson, décrocha le chaudron et le posa sur le trépied métallique, qu'elle poussa au plus près du contrecœur de la cheminée.

« Samuel n'étant pas rentré, j'ai le temps d'apporter son repas au Diable Noir. S'il arrive entre-temps, il trouvera sa pitance toute prête. »

La jeune fille fouilla dans le placard, en sortit un pot à lait, dans lequel elle transvasa un peu de soupe. Puis elle plaça le récipient, ainsi qu'un demi-pain, dans le panier de cueillette. Après un regard au ciel en colère, elle hâta le pas.

Ambrine arriva devant la prison lorsque la pluie se mit à tomber, drue et piquante. Elle frappa à la porte, confia le repas du Diable Noir à un garde puis revint sur ses pas.

Penché au-dessus de l'âtre, Samuel jetait une bûche dans le feu et attisait les flammes, quand elle arriva. Voyant son amie, il la pressa d'entrer en la houspillant :

— Bon sang ! Mais où étais-tu passée ?

Le ton relevait davantage de l'inquiétude que de la colère. Elle répondit tout à trac :

— As-tu fini de grogner de la sorte ? Je ne suis ni ta petite sœur ni ta bonne ! Durant ton absence, j'ai apporté son repas au prisonnier.

Coupable, Samuel débarrassa son amie.

— Tu es trempée ! Vite, viens près du feu.

— Tu peux parler, toi ! Tu ressembles à un chien tout droit sorti d'une mare !

Tout en parlant, les jeunes gens se toisèrent, soudain gênés et rougissants en découvrant que leurs vêtements, plaqués sur leur corps, leur imprimaient un semblant de nudité. Saisis par un sentiment inconnu jusqu'alors, chacun détourna abruptement le regard. Samuel s'empressa d'aller fouiller dans la malle de Gédéon et en revint avec deux serviettes, qu'il posa sur le banc sans plus lever les yeux sur son amie. Nez vissé aux flammes, chacun se sécha dans le silence le plus absolu, tandis qu'au-dehors la pluie fouettait le monde et que la foudre électrifiait l'atmosphère. À croire que le diable s'était invité !

Le crépitement des flammes s'installa peu à peu comme le seul timbre ambiant. Installés sur le banc face au foyer, les jeunes gens reprirent peu à peu contenance.

— Que s'est-il produit ? Veux-tu qu'on en parle ? balbutia Ambrine, en regardant les flammes.

— Non, coupa Samuel, rouge de confusion.

Une bûche s'effondra sur elle-même, libérant une giclée d'escarbilles comme autant d'étoiles filantes. Dos voûté, Samuel activa le tisonnier. Ambrine ne put s'empêcher de l'observer : ombre et lumière dansaient sur la peau de son ami, lui donnant tantôt l'apparence d'un enfant, tantôt celle d'un adulte aux muscles bien dessinés. Elle s'enhardit :

— Alors faisons un pacte, veux-tu ? Gardons ce moment magique dans nos mémoires. Si un jour la tristesse, la douleur ou l'injustice du monde nous saisissait, souvenons-nous de cet instant et gravons-le à tout jamais dans nos cœurs.

Samuel ne répondit pas.

Troublée, Ambrine préféra changer de sujet de conversation. Elle bredouilla :

— Et le lieutenant ? L'as-tu trouvé ?

L'esprit visiblement ailleurs, son ami semblait ne pas avoir entendu. Après un moment d'hésitation, la jeune fille le secoua mollement pour le sortir de sa rêverie.

Contre toute attente, Samuel tapa du poing sur le plateau du banc et s'emporta :

— Fiche-moi la paix !

Ambrine réagit tout aussi vivement :

— Mais qu'est-ce qui te prend ? De quoi suis-je responsable ? Puisque c'est ainsi, va au diable… Ah mais c'est vrai ! Tu y es déjà !

Sa propre tension déversée, la jeune fille gagna la sortie et s'enfuit en courant. Fixant la porte close, Samuel se demanda ce qui avait bien pu se passer durant ce court laps de temps. Tout était arrivé si vite, si brusquement… L'émoi jusqu'alors inconnu qu'il avait ressenti à la vue d'Ambrine, les vêtements plaqués au corps, lui revint à l'esprit… Devait-il avoir honte de ce qu'il avait ressenti ?

XIX

QUATRIÈME JOUR AVANT LA FIN

Dès l'aube, Ambrine passa la porte cochère de *La Diablerie.* Elle trouva Samuel donnant du grain aux poules et le rejoignit. Le jeune homme posa sur elle un visage contrit et s'excusa pitoyablement :

— Pardonne-moi. Je suis sincèrement désolé. Je déverse sur toi ma colère, mon impuissance, ma rage devant l'injustice, et je ne sais quel autre sentiment intérieur, alors que tu n'y es pour rien et que tu ne cherches qu'à m'aider.

Les yeux d'Ambrine se noyèrent de larmes et elle balbutia :

— J'ai autant de peine que toi, crois-moi.

Rien n'aurait présagé ce besoin soudain de tendresse, de réconfort. Samuel prit son amie dans ses bras, longuement, et elle se laissa bercer sans mot dire. Emportés par ce lien étrange, ils s'abandonnèrent tous deux à de longs pleurs, isolés sur la même île de douleur. Ambrine se détacha lentement de son ami, sécha maladroitement ses pleurs et demanda :

— Me diras-tu enfin si tu as trouvé le lieutenant ?

— Je ne l'ai pas trouvé. Il a été appelé pour une autre affaire urgente loin du bourg, c'est tout ce que j'en sais.

La jeune fille fit part de son idée :

— Nous pourrions consulter les ouvrages de Gédéon ? Peut-être…

— Je ne lis pas suffisamment bien, ou alors trop lentement, déplora son compagnon.

— Rien ne coûte d'essayer ? À moins que tu aies une meilleure idée ?

Samuel se mura dans sa réflexion : tout était contre son protecteur et rien, ni son témoignage sur la moralité de l'homme, ni le recoupement des évènements, ni ses faibles connaissances sur la vie des insectes, ne plaidait en sa faveur. Il lui semblait avoir épuisé toutes les ressources.

— Héloïse a raison, Gédéon ne peut être disculpé que si on trouve l'assassin, conclut-il à voix haute.

— À moins que l'assassin soit assez fou pour se présenter au tribunal et avouer son crime, je doute que nous le retrouvions en quatre jours par nos propres moyens, ajouta Ambrine, défaitiste. Et puis, qui nous prouve que les deux témoins ont dit la vérité ?

— S'ils avaient menti, le Diable Noir aurait contesté leurs dires devant le juge, mais il ne l'a pas fait. En outre, leurs témoignages concordent.

Samuel resta un long moment muet avant de lancer :

— Finalement, c'est toi qui as eu la meilleure idée du jour : allons voir si l'un des ouvrages du Diable Noir nous donne une piste.

— Oui, mais tu m'as répondu que tu ne sais pas suffisamment bien lire.

Il plongea ses yeux noirs dans ceux de la jeune fille et ajouta :

— Et que m'as-tu répondu ?

Un sourire apparut sur les lèvres d'Ambrine à ce souvenir :

— Je t'ai répondu que rien ne coûte d'essayer…

Leurs traits se détendirent : une maigre lueur d'espoir s'immisçait à nouveau dans la fêlure de leurs cœurs.

*

Samuel savait où Gédéon dissimulait la clé de son antre même si jamais, depuis le jour où sa désobéissance lui avait valu d'être jeté à la rue, il ne s'était risqué à s'y introduire. Mais en cette circonstance, la vie d'un homme en dépendait. Il se mit sur la pointe des pieds, tâtonna le dessus du linteau de porte jusqu'à trouver ce qu'il cherchait. La clé tournée dans la serrure, le jeune homme poussa le battant de l'officine de Gédéon. Les deux amis restèrent un instant bouche bée : chaque espace, chaque étagère, était occupé par un nombre impressionnant de rouleaux et de codex volumineux.

— Par où commencer ? s'écria Samuel, abasourdi devant l'ampleur de la tâche.

Il s'empara d'un manuscrit au hasard et l'ouvrit mais, à part les illustrations qui pouvaient le renseigner sur la teneur du volume, il ne comprenait pas un traître mot au texte.

— Cette langue n'est pas celle que m'enseigne Gédéon et je n'ai jamais vu cette curieuse calligraphie !

Il déroula un parchemin et l'observa avec la même attention.

— Ça doit être du latin… Enfin, je crois. J'arrive à reconnaître l'alphabet mais je suis incapable de comprendre le sens des mots.

— Ce n'est pas moi qui pourrai t'aider ! Mais pourquoi ne demanderais-tu pas à la mirgesse ? Elle déchiffre peut-être ces écritures ?

Samuel secoua la tête :

— Je ne me risquerais pas à déplacer ces livres, ils sont trop précieux…

— Mais tu peux la faire venir ici ! Veux-tu que j'aille lui demander ?

— Elle ne franchira jamais le seuil de *La Diablerie* !

Ambrine haussa les épaules.

— Je le fais bien, moi, et il ne m'est jamais rien arrivé de fâcheux !

Elle partit sans autre discours.

Livré à lui-même, Samuel consulta plusieurs ouvrages pris au hasard, s'évertuant en vain à en décoder le contenu. Les signes dansaient sous ses yeux sans lui délivrer le moindre secret, la moindre piste. Ivre de lassitude, il s'enfouit le visage dans les mains en se demandant si cette entreprise avait un sens. Si seulement il avait été un élève plus studieux, plus attentif aussi… Que de temps perdu à contester le savoir que son mentor avait tenté de lui inculquer…

Le grincement de la porte d'entrée l'alerta du retour d'Ambrine et il alla l'accueillir. Elle était accompagnée d'Héloïse, qui retira sa cape et annonça sans ambages :

— Votre amie m'a tout expliqué en chemin alors ne perdons pas de temps.

Samuel céda son siège à la mirgesse. Celle-ci feuilleta les ouvrages l'un après l'autre en commentant :

— Ça… je ne saurais le déchiffrer, cela me semble être de la calligraphie arabe… Ça… du grec, mais je ne connais pas davantage cette langue…

Soudain, son visage s'éclaira.

— Du latin ! C'est un bon début !

Le temps passa, interminable pour Ambrine et Samuel, debout et muets près de la jeune femme. Enfin la mirgesse releva la tête. Voyant les mines abattues de ses jeunes hôtes, elle s'excusa :

— Pardon de vous avoir laissés sans explication ! Ces ouvrages savants m'ont demandé de la concentration. Celui-ci parle des planètes et de leur influence sur nos humeurs… Celui-là évoque les propriétés et les bienfaits des pierres que l'on trouve dans les profondeurs du sol… Il y a un traité d'alchimie… Celui-ci est visiblement un ouvrage de médecine mais l'écriture m'est étrangère…

Elle se leva et, après avoir croisé le regard inquiet d'Ambrine, elle se justifia, d'un ton désolé :

— Je ne puis malheureusement m'attarder plus longtemps même si je suis consciente que le temps presse…

— Je n'ai pas besoin qu'on me le rappelle, gémit Samuel, les larmes aux yeux. Comment sauver mon mentor ? Je suis ignare, je sais à peine lire et je ne connais des insectes que ce qu'il a bien eu le temps de m'enseigner… Je me sens tellement impuissant !

Héloïse s'approcha de lui, entoura la nuque du jeune homme d'une main amicale.

— Réfléchissons chacun de notre côté. Je repasserai après mes visites et nous mettrons nos idées en commun.

Puis, s'adressant à Ambrine :

— Viens, je te dépose chez toi. Tu iras plus vite à cheval !

Comme si la décision ne lui appartenait pas, Ambrine chercha l'approbation dans les yeux de Samuel. Bien à contrecœur, il consentit :

— La mirgesse a raison, il se fait tard et ta mère doit compter sur toi.

Resté sur le seuil, le jeune homme accompagna les silhouettes du regard ; très vite le portail se referma sur sa solitude désemparée. Comment pouvoir respirer sachant que chaque souffle de ses poumons battait à lui seul le temps qui passe ?

Sur la table était posé un reste de tourte. Samuel en avala un morceau sans appétit, l'esprit ailleurs, égrenant tous les possibles. Mais très rapidement il se mit à douter, jusqu'à la thèse de l'horloge à l'envers qui ne pouvait être fiable… Le juge avait raison : le jour de la naissance d'un enfant ne peut prouver qu'il a été conçu un lundi plutôt qu'un vendredi.

D'autant que l'arrivée des nécrophages sur le corps dépendait de leur odorat, donc de l'état de décomposition du corps, qui lui-même variait selon le degré d'humidité et de la température ambiante au moment de la mort. Rien ne prouvait non plus que les insectes trouvés près du corps avaient un lien avec le cadavre.

Samuel réfléchit, essaya de se rappeler le temps qu'il avait fait ces dernières semaines. Son cerveau bouillonnait d'incertitudes et son impuissance se démantela en sanglots amers. Comme une rivière, ses larmes emportèrent avec elles tous ses questionnements, ses espoirs, ses doutes aussi, le vidant peu à peu de son énergie.

La triade[15] si chère à Gédéon s'imposa à nouveau : « Observer, analyser, conclure ». Samuel retourna dans l'officine à livres, s'installa et ouvrit un manuscrit. Il ne savait pas ce qu'il cherchait mais c'était mieux que l'inertie, mieux que les idées noires qui bourdonnaient dans sa tête. Peut-être même que d'un simple « observer » il en sortirait quelque élément utile ?

Le jeune homme détailla les pages, identifia ce que la mirgesse avait dit être de la calligraphie arabe, décortiqua les planches de dessins qui les illustraient. Le premier codex achevé, il le mit de côté et en ouvrit

---

15. Triade : ensemble de trois personnes, trois idées ou trois choses étroitement liées.

un autre, qu'il « observa » de la même manière. Sans plus de résultat. Cet incompréhensible qui dansait devant ses yeux sans lui dévoiler aucun secret, ajouté à la fatigue, le fit sombrer dans un sommeil lourd et sans rêve.

XX

TROISIÈME JOUR AVANT LA FIN
– MATIN –

Un bruit confus sortit Samuel de sa torpeur. Il se redressa laborieusement, la tête lourde, le dos brisé. La chandelle, au coin de la table, s'était consumée et le suif se répandait autour d'elle en un monticule de vaguelettes translucides. Combien de temps s'était-il écoulé ? Un bruit de bûches lui parvint : quelqu'un allumait la cheminée… Gédéon ! Ils avaient relâché Gédéon ! Tout à sa joie, Samuel se leva et se précipita dans la cuisine. Mais ce n'était qu'Ambrine.

— Que fais-tu là ? questionna-t-il, contrarié.

— Notre coq a chanté ! La mirgesse n'a pas pu repasser hier soir à cause d'une urgence : le fils du coutelier s'est salement blessé...

Samuel étira son corps endolori, un goût amer en bouche.

— Une nuit est passée… Des heures de vie en moins… Que vais-je devenir sans lui ? J'ai eu beau m'en user les yeux : si je sais déchiffrer des lettres, parfois des mots, je n'en comprends pas le sens…

Ambrine posa un pain sur la table, servit à son ami un godet de tisane froide. Mal réveillé, il se laissa porter et déjeuna. Les jeunes gens échangèrent les idées qui leur étaient venues, mais qu'ils jugèrent les unes plus incertaines que les autres.

Héloïse frappa, entra et s'excusa encore, avant de s'attabler au bureau du Diable Noir. Mais aucun des manuscrits consultés ne révéla une piste sérieuse.

— Et si… et si on arrivait à trouver à qui appartient le cheveu ? lança Samuel avec l'énergie du désespoir.

La mirgesse le fit déchanter :

— Autant vouloir trouver une aiguille dans une meule de foin ! Vous voyez-vous aller frapper à toutes les portes pour comparer les cheveux à celui que vous avez en main ?

— Ce serait trop long ! Et même si tu avais un soupçon, comment en apporter la preuve ? Combien d'hommes châtains existe-t-il ? ajouta Ambrine.

Samuel leur jeta tour à tour un regard contrarié. Elles n'avaient pas tort ; d'ailleurs, comme l'avait si bien dit le juge, ce cheveu avait pu être déposé là par le pur fruit du hasard.

Héloïse ramassa sa mallette de travail et prit congé.

— Il faut que j'y aille. Le fils du coutelier s'est blessé hier avec une lame rouillée et je crains que la plaie pourrisse.

Samuel acquiesça à contrecœur et la laissa partir. Il n'avait aucun pouvoir sur la mirgesse, ni sur rien d'ailleurs.

La femme sortie, Ambrine s'excusa à son tour :

— Il faut que j'y aille moi aussi : mes corvées m'attendent et s'accumulent. Tu comprends ?

Il approuva, déçu de se voir abandonné pour si peu et la regarda mettre son fichu d'épaule.

Au moment de saluer, son amie tenta de le rassurer :

— Ne sois pas fataliste : il reste deux jours entiers, et deux jours, c'est deux jours d'espérance !

La remarque rappela à Samuel une phrase que lui répétait son père : « Toutes choses peuvent être espérées pour l'homme tant qu'il vit. »[16]

— Cela ne m'empêchera pas de réfléchir et, si j'ai une idée, je viendrai te trouver sans attendre, ajouta-t-elle.

Samuel hocha tristement la tête. Ayant raccompagné son amie sur le seuil, il alla jusqu'au bout du jardin, pensif. Si Gédéon était mis à mort, sans doute

---

16. Maxime de Sénèque que l'on a traduite plus tard par « Tant qu'il y a de la vie il y a de l'espoir ».

brûlerait-on sa maison ? Ou la saccagerait-on pour voler tout ce qui pouvait l'être ? Ce lieu ne lui appartenait pas, Samuel n'y était que locataire par la grâce de son mentor. Il serait obligé de quitter les lieux. Pour ne plus revenir. Laisser là les amis qu'il s'était faits, Ambrine en tête, mais aussi la chèvre Galatée et les poules, qu'il avait fini par appeler chacune par son nom… La Roussette, la Noiraude, Blanquine, Grisette et Schmok, le coq. Il ne reverrait plus ce paysage, ni le mur d'enceinte, ni cette porte cochère qui le protégeait du monde extérieur… Non, il se refusait à tout cela. Il voulait vivre encore ici et apprendre encore de Gédéon…

Porté par la rage de vaincre, il retourna dans l'officine à livres.

*

La matinée s'était écoulée sans que rien ne vienne provoquer une étincelle d'espoir, même minime : des pages d'écriture, encore et encore, sans qu'aucune ne lui dévoile aucun secret. Désemparé, Samuel se leva et replaça les ouvrages sur l'étagère. Fouillant l'officine à la recherche d'un titre évocateur, il remarqua un pot de terre cuite obturé par un bouchon de liège. Il le prit en mains, le secoua mollement. Curieux du contenant qui venait de cliqueter, Samuel souleva le couvercle du pot, qu'il déversa sur le sol. Des pièces sonnèrent dans l'avalanche. Voilà où Gédéon cachait son argent ! Une idée en entraînant une autre, Samuel mit les pièces dans une pochette de toile et revint dans la cuisine. Il emballa le reste de tourte, qu'il plaça dans sa gibecière, y ajouta deux pommes et quitta la maison. Il hâta le pas tandis que les questions se bousculaient dans sa tête.

Le jeune homme entra dans la salle d'armes. Les gardes, qui jouaient aux dés, ne relevèrent même pas la tête.

— J'apporte son repas au Diable Noir.

— Pose ça par là, on lui donnera plus tard, répondit l'un des hommes.

— Je voudrais également m'entretenir avec lui.

— C'est interdit. Tu ne pourras le voir que le matin avant l'exécution.

Samuel plongea la main dans sa gibecière, en sortit deux pièces, qu'il posa discrètement devant les geôliers.

Les gardes se regardèrent, chacun tira une pièce vers soi et la fit disparaître dans un ourlet. Ceci fait, ils se remirent à faire rouler leurs dés.

Désappointé, Samuel tira deux autres pièces de la besace et, tout aussi discrètement, les posa devant les hommes en uniforme.

Sans lui jeter un regard, et dans un même mouvement, chacun fit glisser la pièce qui lui était destinée et la fit disparaître comme la première.

Voyant qu'ils en revenaient à leur jeu, Samuel se fâcha. Il glissa entre ses dents :

— Je viens de vous donner deux pièces à chacun.

L'un des gardes leva les yeux, les planta dans ceux de son compagnon de jeu et plaisanta :

— T'as vu des pièces, toi ?

L'autre secoua la tête en ajoutant :

— Faudrait qu'il le prouve, et je ne vois pas comment un gueux pourrait oser prétendre qu'il détient de la monnaie sonnante et trébuchante !

Son compagnon jeta ses dés sur la table et haussa les épaules, moqueur :

— À moins de l'avoir volé, cet argent !

— Ou alors ce sont les pièces qui ont mystérieusement disparu de la bourse offerte par messire Cléandre, renchérit l'autre.

Comprenant qu'il s'était fait abuser, Samuel serra les dents. Il allait se résoudre à partir lorsqu'une idée lui vint. Il lança :

— Je demande à parler au lieutenant de la garde. Nous verrons bien si l'on trouve ces pièces maudites dans le revers de vos chausses.

L'un des hommes se mit à rire grassement.

— Le lieutenant de la garde ! Rien que ça ! Et pourquoi pas le roi ? Tu ne connais même pas son nom, au lieutenant.

— Grégoire de Tillac ! claqua Samuel.

Les rires s'évaporèrent. Les gardes échangèrent un regard, hésitants. Ils tentèrent une nouvelle réponse dissuasive :

— Il n'est pas encore arrivé mais, si tu insistes, tu peux l'attendre par là...

Son geste, à la fois évasif et méprisant, ne perturba pas Samuel, qui insista :

— Dans combien de temps doit-il revenir ?

L'homme releva enfin la tête.

— J'en sais rien, moi. Il est peut-être chez lui à dormir ?

L'autre garde se montra moins arrogant :

— Sors d'ici et prends à ta main droite. Cherche l'enseigne à l'encrier. Il passe souvent chez le notaire, qui est son cousin.

Samuel remercia celui qui venait de parler et partit dans la direction indiquée.

XXI

TROISIÈME JOUR AVANT LA FIN – APRÈS-MIDI –

Une clochette, suspendue au-dessus du chambranle, à l'enseigne de l'encrier, s'agita au moment où le battant s'ouvrit et une autre fois quand il se referma. Hésitant, timoré par l'endroit inhabituel dans lequel il venait de pénétrer, Samuel attendit dans l'antichambre déserte.

— Entrez donc ! lança une voix masculine, venue de la pièce attenante.

Le nouveau venu entra dans un cabinet où deux hommes conversaient. L'un, assis à son bureau, avait un visage affable ; l'autre, debout près de la cheminée, n'était autre que Grégoire de Tillac. Ce dernier, d'ailleurs, identifia immédiatement leur visiteur :

— Tiens ! Notre horloge à l'envers ! s'exclama-t-il.

— C'est le *Murmureur de cadavres* dont tu m'as parlé ? questionna le notaire.

Grégoire hocha la tête, amusé. Son cousin toisa longuement Samuel, mal à l'aise face à ces paires d'yeux posées sur lui.

— La raison de votre visite ? demanda enfin le notaire, comme s'il reprenait ses esprits.

Le quémandeur n'y alla pas par quatre chemins et exposa sa demande, le cœur battant :

— J'ai besoin de votre influence. Je voudrais lire le compte-rendu d'audience sur le crime dont est accusé le Diable Noir.

Grégoire déroula lentement sa silhouette et répondit par une question :

— Qu'est-ce que cela t'apporterait de plus ? Je l'ai lu moi-même, ai contribué à sa rédaction par mon propre témoignage, et il n'y figure rien de plus que ce que tu en sais, que ce qui en a été dit au tribunal.

— Peut-être… peut-être qu'un œil neuf pourrait y trouver un détail insoupçonné ? insista Samuel, en fixant son interlocuteur dans les yeux.

— Ce serait peine perdue, crois-moi, lui opposa Grégoire.

Le notaire vint curieusement à la rescousse de leur visiteur :

— Voyons, cousin, tu m'as raconté comment ce jeune homme a procédé avec son « horloge à l'envers », et tu m'as dit avoir toi-même été intrigué par son raisonnement. Pourquoi ne lui laisserais-tu pas cette opportunité ? Après tout, voilà une idée qui ne mange pas de pain !

Samuel fut reconnaissant à cet inconnu de soutenir sa demande. Il se tourna à nouveau vers Grégoire qui, pour sa part, était moins convaincu.

— De toute manière, le texte consigné au tribunal ne peut en être sorti. Donc…

Il avait laissé sa phrase en suspens. Son cousin la compléta par une question :

— Donc, si tu l'accompagnes, il pourrait y avoir accès ?

Le notaire se frotta les mains comme s'il les savonnait vigoureusement et ajouta :

— Moi, cette histoire m'émoustille.

Dans une fulgurante improvisation, Samuel rusa :

— La mirgesse Héloïse s'y intéresse aussi fortement.

Il comprit, à l'attention toute particulière que lui témoignait soudain le lieutenant de la garde, que sa repartie avait fait mouche.

— La mirgesse ? L'aurais-tu revue ?

Samuel savait qu'une brèche lui était ouverte et il s'y engouffra. Il raconta comment Héloïse avait passé du temps chez eux, à lire et déchiffrer des manuscrits, à émettre des idées, à proposer son aide.

Taquin, le notaire glissa :

— Cher cousin ! Si la mirgesse s'intéresse à ce cas, ton esprit chevaleresque ne peut que prêter main-forte à ce jeune homme. Gageons qu'elle t'en sera grandement reconnaissante.

L'homme, qui visiblement était au fait de la passion qui rongeait le fringant lieutenant, se tourna vers Samuel et lui adressa un clin d'œil complice. Il avait vu juste puisque Grégoire annonça :

— Bien ! Allons-y. Tu me raconteras en chemin et en détail ce que dame Héloïse a trouvé dans vos manuscrits.

L'affaire était gagnée. Même s'il en ignorait l'issue, Samuel était soulagé. Il adressa un regard reconnaissant au notaire lorsque les deux hommes quittèrent les lieux.

En chemin, le demandeur de service donna au lieutenant tous les détails de leurs efforts communs, accentuant l'aide apportée par la mirgesse.

Ils arrivèrent devant le tribunal de justice. Grégoire prévint son compagnon :

— Normalement, tu n'as pas accès aux actes entreposés ici. Alors s'il te plaît, garde profil bas et attends discrètement ici. Je te ferai signe le moment opportun !

Le jeune homme se mit en retrait à l'endroit indiqué par son complice du jour et le laissa s'éloigner. Le lieutenant s'entretint avec un homme vêtu de noir, si longuement que Samuel se remit à douter. N'avait-il pas donné à Grégoire plus d'influence qu'il n'en avait en réalité ? Il fut soulagé lorsque le concierge sortit un lourd trousseau de clés et précéda le lieutenant jusqu'à une porte close, qu'il ouvrit avant de laisser seul l'officier. Grégoire attendit un instant puis, furtivement, fit signe à Samuel de le rejoindre. L'intéressé se faufila comme un voleur.

Dans la vaste pièce qui s'ouvrait à lui, des registres s'alignaient sur des étagères. Le lieutenant expliqua :

— C'est ici que sont conservées toutes les minutes…

— Les minutes… la mesure du temps à l'aide d'un sablier ? s'étonna Samuel.

— Non. On appelle « minute » tout acte de procédure original. Il a été rédigé à la plume et il est signé par le juge, pour preuve de son authenticité. Il n'en existe donc aucun autre exemplaire. Voilà pourquoi il est précieux, voilà pourquoi il est conservé en ce lieu verrouillé et qu'il ne peut en sortir. Seuls les préposés à la justice assermentés peuvent les consulter, mais sur place. C'est la raison pour laquelle je dois rester avec toi pour te surveiller.

Samuel fit savoir qu'il n'y voyait aucune objection.

Le lieutenant lut les indications sur les couvertures avant de s'exclamer :

— Voici le soufflet contenant l'affaire qui nous intéresse !

Il l'ouvrit sur un pupitre, invitant son compagnon à prendre place sur un siège face à la fenêtre. Samuel remercia le lieutenant puis se pencha sur le premier feuillet. Heureusement, le texte était rédigé en français ; sinon, qui diable aurait pu l'aider ?

Grégoire alla s'installer non loin de lui, sur un rebord de fenêtre, laissant son compagnon à sa lecture.

Tout était consigné dans le détail. Parfois, le jeune homme s'aventurait à émettre une théorie, que le lieutenant réduisait systématiquement à néant par une logique implacable.

Le silence feutré du lieu fut à nouveau interrompu par une question de Samuel :

— Il est écrit ici que la victime a reçu trois coups de lame. Mais dans ce cas, le Diable Noir serait rentré la chemise en sang ? Or, je n'ai jamais rien noté de tout cela…

— Il peut très bien l'avoir lavée.

— C'est moi qui suis chargé de la lessive, rétorqua Samuel.

— Ce témoignage n'a aucune valeur devant justice.

L'accusé peut aussi s'en être débarrassé et s'être lavé au ruisseau.

Samuel soupira encore et acheva sa lecture jusqu'à la dernière ligne.

— Rien. Je n'ai rien trouvé de concluant.

— J'en suis désolé pour toi mais j'ai fait ce que je pouvais pour t'aider.

Samuel était conscient que cette fin de phrase était davantage formulée pour être rapportée à la mirgesse. Ensemble, les deux compagnons de fortune quittèrent le tribunal puis se séparèrent.

Samuel rentra chez lui, le cœur lourd comme une enclume.

XXII

DEUXIÈME JOUR AVANT LA FIN
-- LE CASQUE DE JUPITER -

Lorsqu'Ambrine arriva pour prendre des nouvelles, Samuel tisonnait le feu. Au salut timide de son amie, il répondit par un visage défait.

— Je suis passée hier mais tu étais absent. J'ai attendu un long temps avant de me résoudre à rentrer chez moi.

Samuel lui raconta les évènements de la veille, conclut par son désarroi de n'avoir rien trouvé dans les minutes du procès.

— Que comptes-tu faire ?

D'un coup de menton, son ami indiqua l'officine à livres.

— Je vais m'y remettre, mais sans espoir.

— Fais ! Je m'occupe du repas, que je porterai au Diable Noir. Ça te laissera plus de temps.

Des larmes montèrent aux yeux de Samuel, qui voyait le temps s'écouler sans aucune issue possible. Il se leva promptement.

— Où vas-tu ? s'inquiéta Ambrine.

— J'ai besoin d'être seul.

Son ami était déjà dehors. Ne sachant si elle devait le suivre ou rester là, elle préféra le laisser partir… La porte cochère se referma sur lui.

*

Le jour était bien avancé lorsque Samuel revint à *La Diablerie*. Le feu se mourait dans l'âtre, sans doute Ambrine était-elle restée tard pour y jeter la dernière bûche. Sur la table elle avait laissé un pain aux olives, quelques noix, une pomme ainsi qu'un linge en pochette. Samuel s'approcha, attrapa le carré de toile. L'étoffe dépliée délivra un trèfle à quatre feuilles. La nostalgie s'empara du jeune homme comme le font les beaux souvenirs enfuis : il lui revint en mémoire ce jour où Ambrine lui avait montré la plante aplatie conservée comme un trésor. Elle lui avait alors expliqué que, selon la croyance, chaque feuille de trèfle est un symbole : la foi, l'amour et l'espérance. Lorsqu'il possède une quatrième feuille, c'est que le destin a ajouté la chance. Que l'on a une chance sur mille de trouver un trèfle à quatre feuilles, donc d'avoir de la chance une fois sur mille pour réaliser un vœu. Il observa la plante, se demanda en quoi le trèfle avait porté chance à Ambrine : un père mort, puis sa sœur… et la misère dans laquelle vivaient à présent mère et fille ! Destin cruel, peut-on t'appeler chance ?

Il reposa délicatement le trèfle sur son support, ferma les yeux et s'imprégna de l'image. Puis, las de tout, il monta à l'étage et s'allongea.

Son esprit défila, lui criant ce que serait désormais sa vie : vide et désespérée. Pour avoir lui-même frôlé la mort injuste, il savait ce que l'on peut éprouver… Pourtant, à la dernière extrémité, il avait été sauvé par Gédéon. Il imagina la même foule sur la place publique et lui, traversant la marée humaine et annonçant : « Pourquoi ne pas me le confier ? Je suis le Diable Blanc ! »

Le bûcher, auquel avait été condamné le Diable Noir, était le plus terrible des supplices. Pour éviter aux proches d'être brûlés vifs dans d'horribles souffrances, on donnait une pièce au bourreau, qui prodiguait alors une mort miséricordieuse « avant la mort ». Et lui, sombre idiot, avait distribué vainement les quatre pièces dont il avait disposé à des soldats qui s'étaient joués de lui. Il n'avait même plus de quoi soudoyer le bourreau pour abréger les souffrances de son mentor…

Soudain, un nom s'imposa à son esprit : *aconitum*, ou casque de Jupiter.

Certes, Gédéon en extrayait les vertus pour soigner l'insomnie, les problèmes de cœur ou la fièvre. Mais il avait également appris à son élève que la racine contient le plus puissant des poisons et qu'il faut savoir doser la médication. À l'étonnement de Samuel, Gédéon lui avait confié que, parfois, des médecins lui en achetaient pour adoucir la fin de vie de patients en trop grande souffrance et sans espoir de guérison.

Samuel se leva d'un bond, dévala l'échelle et instinctivement fouilla les contenants jusqu'à trouver la racine, secrètement conservée. Il ouvrit le pot, en extrait une radicule. Le doute une nouvelle fois l'assaillit : s'il considérait son idée comme un geste de charité, Gédéon accepterait-il de boire le breuvage pour échapper à la mort du bûcher, fût-elle horrible ?

Samuel attrapa un mortier et y déposa la racine. Puis, mécaniquement, il la concassa à l'aide du pilon, prenant soin d'y ajouter l'huile purifiée.

Pour réduire son impatience le temps de la macération, il alla encore consulter les ouvrages de son mentor. Lorsqu'il estima que le breuvage avait suffisamment infusé, il plaça un carré de toile propre sur un godet et y déversa le mélange. Lorsque l'*aconitum* fut filtré, il en transvasa une quantité dans un flacon, qu'il reboucha soigneusement. La conscience hésitante, il plaça l'aconit dans le fond de sa besace.

« Je ne ferai que lui en parler. À lui de choisir sa propre mort. »

Puis, n'ayant d'autre alternative, il retourna consulter des manuscrits…

XXIII

DERNIER JOUR AVANT LA FIN

Samuel attrapa sa gibecière, y plaça du pain, de la viande séchée, une pomme, des noix, vérifia que le flacon d'aconit était resté étanche, et quitta la maison.

Il frappa au lourd battant. Un judas grillagé s'ouvrit. Rassemblant toute sa contenance, le visiteur montra un feuillet prélevé dans l'officine de Gédéon et débita son mensonge :

— J'ai ici l'autorisation de messire Grégoire de Tillac de voir le Diable Noir et lui apporter son dernier repas avant-veille.

Le garde s'empara du document, hésita avant de lâcher :

— Attends ici.

Tout en laissant la porte close, l'homme en uniforme s'éloigna. Samuel s'étonna de son audace : pourvu qu'ils ne sachent pas lire ! Il tendit le cou et regarda par la grille du judas. Le garde s'entretenait avec son compagnon, qui tourna la tête en direction du visiteur. Enfin, le garde – celui qui avait empoché deux pièces – rejoignit Samuel et la porte s'ouvrit.

— On me dit que tu voulais voir le Diable Noir qui devait être exécuté demain ?

Les mots « voulais » et « devait » firent vaciller le visiteur car ils sonnaient le temps révolu. L'homme compléta :

— N'es-tu pas au courant ? Notre bourreau est mort cette nuit. Nous avons fait appel à un autre bourreau, mais il ne sera là que demain dans la journée. La sentence est reportée à mercredi matin.

— Mercredi ? ânonna Samuel, incrédule.

— Oui, mercredi !

Le judas se referma, laissant Samuel hébété face au panneau de bois. Mercredi… On était lundi. Deux jours de gagnés. Une image s'imposa à son esprit : le trèfle à quatre feuilles d'Ambrine, laissé sur la table. Il fit volte-face, perdant son regard sur les gens qui, déjà, se pressaient au marché ou à leurs affaires. La tête bourdonnante, il revint sur ses pas.

Ambrine l'attendait dans la cuisine, silencieuse et grave. Voyant qu'il se tenait là, stupéfait comme une chiffe molle, elle s'approcha de lui. Des larmes inondèrent ses yeux.

— Ne me dis pas que tu es arrivé trop tard ?

Il la fixa en articulant :

— Le bourreau est mort cette nuit.

Ambrine fronça les sourcils et le dévisagea comme si elle craignait qu'il ait perdu la raison. Il s'approcha de la table, prit la tige du trèfle entre le pouce et l'index.

— Le bourreau est mort cette nuit ! répéta-t-il plus distinctement. La sentence est remise à mercredi.

Le visage d'Ambrine s'illumina :

— Mercredi ? Ça signifie qu'il nous reste deux jours… Un sursis de deux jours supplémentaires.

Samuel murmura :

— Il faut que je m'allonge, je n'en peux plus…

— Oui, va ! Je prépare le repas.

Il hocha machinalement la tête et, ivre de fatigue, il monta à l'étage. Il se laissa tomber sur sa paillasse et fut emporté par un sommeil proche de la mort…

*

Un son, lointain, sortit Samuel des limbes. Il ouvrit les yeux. La pièce était plongée dans la pénombre. Le cœur froissé, il émergea ; tout flottait dans son esprit : le procès, les livres empilés et lus dans l'officine de Gédéon, leur intrusion au palais de justice pour y étudier les minutes du procès, et ce matin, l'inattendu. L'impensable. Il réalisa la chance qui leur était offerte. Inestimable… Pour l'heure, l'aconit attendrait son dernier recours…

Comme s'il avait été touché par la foudre, il se leva d'un bond et dévala l'échelle. À Ambrine, qui attendait près du feu, il lâcha avec gravité :

— Je viens d'avoir une idée… (Il attendit un instant avant d'ajouter :) Mais elle n'est pas conforme à la loi.

Son amie le fixa avec sérieux.

— Une loi qui s'opposerait à ce qu'on sauve un innocent ne serait pas une bonne loi !

La remarque, si pleine de maturité, étonna Samuel. Il ne put pourtant s'empêcher de l'en dissuader :

— Tu sais bien qu'il y a la loi des hommes et il y a la loi de Dieu.

Elle répondit avec assurance :

— La loi des hommes m'interdit de parler à un juif ou de l'aider. Mais la loi de Dieu me demande d'aimer mon prochain comme moi-même. À quelle loi, dis-moi, dois-je obéir ? Laquelle est la plus charitable ?

Comme il restait sans voix, elle poursuivit :

— Je sais ce que tu es et je me doute bien que le Diable Noir n'est pas chrétien non plus. Pourtant, dans notre malheur, c'est vous qui nous avez aidées plus que quiconque. Alors, c'est tout ce qui m'importe.

Samuel la vrilla du regard avant de lâcher, le plus tragiquement du monde :

— Je t'assure que mon idée est bien plus grave qu'une affaire de religion. C'est le moment pour toi de partir si tu le souhaites. Après, il sera trop tard…

— Partir ? Certainement pas ! De quoi s'agit-il ?

Un silence lourd s'installa, le temps pour Samuel de verbaliser son idée :

— Il faut qu'on déterre le cadavre.

XXIV

LA NUIT DU DIABLE

Lanterne en main, et en compagnie d'Ambrine, Samuel actionna le heurtoir de la porte et attendit, le cœur battant. Un bruit de loquet qu'on déverrouille, du battant que l'on soulève du mentonnet et Héloïse ouvrit, chandelle en main, en robe de nuit et les cheveux lâches.

— Je crois que j'ai une idée ! annonça Samuel.

La mirgesse comprit qu'il n'avait pas l'intention d'en dévoiler la teneur sur le seuil ; un coup d'œil à Ambrine et, devant son visage tout aussi fermé, elle céda le passage aux jeunes gens.

Après l'officine de Gédéon, remplie d'écrits en tous genres, celle de la mirgesse les saisit tout autant : là s'alignaient des flacons sur des étagères, des ustensiles accrochés au mur, des brocs et des bassines entassés pêle-mêle. Sur un reposoir trônait une balance à plateaux, flanquée d'un alignement de poids les plus minuscules qu'Ambrine ait jamais vus. La visiteuse se pencha et, sidérée, questionna Héloïse. Celle-ci expliqua :

— Les formules médicinales nécessitent des quantités si infimes qu'il faut des onces pour les peser, des pépins, parfois des graines, comme celles contenues dans ces pains de saint Jean-Baptiste[17].

Un instant oublieux de ce qui les avait amenés en ce lieu, et tout autant fasciné, Samuel examina les pots en terre cuite, étiquetés de la même manière que celle dont procédait Gédéon. Certains mots lui étaient familiers, d'autres totalement étrangers.

— Je pense que vous ne m'avez pas réveillée en pleine nuit pour faire une visite de mon officine ? Si vous en veniez au fait ?

Samuel raconta les derniers évènements. Puis, échangeant un regard trouble avec Ambrine, il ajouta :

— Un jour où nous traversions la forêt avec le Diable Noir, nous avons découvert un squelette d'animal sauvage auquel n'étaient plus attachés que quelques lambeaux de cuir et des poils. C'était toujours prétexte à enseignement pour mon protecteur.

17. Graines de caroubier. La taille et le poids de ces graines étant très réguliers (0,20 gr), elles servaient d'unité de mesure depuis l'Antiquité. Leur nom (*qirât*) a donné notre « carat » pour la mesure du poids d'un diamant ou de l'or. Les chrétiens l'appelaient « pain de saint Jean-Baptiste » car dans le désert, le saint ne se serait nourri que de ces graines.

Il m'a fait m'agenouiller près de la carcasse et m'a expliqué tout ce que les os peuvent nous raconter. Par exemple, comment les rongeurs détachent avec leurs dents une partie de la charogne pour la traîner quelques mètres plus loin… Ils s'isolent ainsi pour la dévorer en toute quiétude et n'avoir pas à se battre pour la partager. Il m'a montré un os qui portait des entailles, disant que les marques de dents laissées sur l'os peuvent déterminer le type de bête l'ayant dévoré : loup ou rongeur…

Il fit une pause, guettant l'attitude d'Héloïse. L'intérêt réel de la mirgesse l'invita à poursuivre :

— Nous savons que messire Cléandre a été tué par une lame… Si nous parvenions à déterminer sa nature : coutelas, serpe, ciseaux…

Conscient qu'il était aux portes de l'enfer il se tut encore, comme s'il redoutait la réaction d'Héloïse. Celle-ci posa un regard incisif sur son visiteur :

— Mais messire Cléandre est enterré depuis plusieurs jours. Je ne suis pas certaine d'avoir compris ce que vous avez en tête…

Samuel hésita longuement avant de livrer son idée :

— De fait, il faudrait déterrer le cadavre et observer ses os à l'endroit de la blessure mortelle. Mais n'étant pas savant en ce domaine, j'aurais besoin de votre aide…

Le silence s'installa, durant lequel le jeune homme baissa coupablement les yeux. Seuls lui parvenaient les reniflements d'Ambrine et le braiment lointain d'un âne.

Héloïse lui empoigna subitement le bras et le conduisit vers un coin de la pièce, où Samuel découvrit la statue d'un saint installée dans une niche d'honneur. La mirgesse, qui semblait avoir oublié toute retenue, le somma :

— Répétez-lui ce que vous venez de me dire…

— Parler à une statue ? s'étonna le jeune homme, narquois.

Héloïse marqua une nouvelle hésitation. Son regard noir n'augurait rien qui vaille, ses traits tout entiers marquaient le désagrément. Ambrine, qui les avait rejoints, le bouscula en lui murmurant à l'oreille :

— C'est saint Côme !

Son ami haussa les épaules et lui adressa un regard interrogateur.

Héloïse croisa les bras, se transformant en une forteresse imprenable :

— Je mesure vos connaissances en matière de saints chrétiens ! C'est saint Côme en effet, protecteur des chirurgiens. Je ne connais pas votre foi et j'ignore ce qu'elle enseigne ; mais sachez que profaner un corps pour pratiquer des autopsies est interdit par l'Église.

Je n'ai nullement envie d'être excommuniée, interdite à tout jamais d'exercer mon art, voire être jugée pour… pour…

Vaincu par cette fin de non-recevoir brutale et inattendue, Samuel se dirigea vers la sortie. Ambrine lui emboîta le pas, impuissante et chagrinée. En un instant, ils venaient de perdre leur meilleure alliée et leur seule chance de sauver Gédéon… La porte s'ouvrit sur le gouffre de la nuit.

Samuel ne pouvait se résoudre à rentrer bredouille. Mais comment convaincre celle qui venait de découvrir son secret ? Si encore elle ne le dénonçait pas à la justice ! Il livra son sentiment :

— Ici, il est simplement question de demander à un mort de sauver un vivant. Où est votre conscience si vous laissez mourir un innocent ?

Non seulement Héloïse resta de glace, mais elle lui semblait être devenue totalement étrangère.

Désabusé, Samuel jeta un dernier regard pitoyable autour de lui. C'est là qu'il entrevit sa dernière chance, accrochée au-dessus d'une paillasse : il s'y avança et attrapa trois instruments de chirurgie qu'il posa côte à côte en expliquant :

— Voyez : cette lame est large comme mon pouce ; celle-ci est cylindrique et pointue comme un clou tandis que ce tranchoir fait toute la largeur de ma paume de main. Si j'arrivais à déterminer quel type de lame a pénétré ce corps, cela me donnerait un indice sur son propriétaire…

Héloïse n'avait pas retrouvé sa tendresse pour autant.

— Quand bien même le découvririez-vous, il vous serait impossible de porter cette preuve devant un tribunal puisque le moyen utilisé pour l'obtenir est sacrilège. Quant à moi, si l'on savait que j'ai aidé de près ou de loin…

— Votre nom n'aurait jamais été mentionné, pas plus que votre rôle, j'en aurais donné ma parole.

— Et que vaut la parole d'un juif, dites-moi ? Car c'est bien ce que vous êtes ? siffla-t-elle.

Piqué au vif, Samuel se fit cinglant :

— La parole d'un juif, Héloïse, vaut autant que celle d'un chrétien et autant que celle du Diable Noir. Mais ça, un esprit borné qui suit bêtement les lois sans se poser de questions ne peut pas le savoir. Je vous croyais humaine et ouverte à des idées plus larges. Malheureusement, comme les chevaux de trait, vous portez des œillères et vous allez là où on vous dit d'aller par peur du coup de bâton ! Mon mentor m'a dit un jour : « La science est comme un champ de terre meuble et vierge : si un seul homme a le courage de la fouler, il y dessine un chemin. Souvent, ce premier homme est qualifié de fou. Mais avec le temps, d'autres s'y aventureront et alors apparaîtra une route. » J'avoue que lorsque je vous ai vue franchir le seuil de *La Diablerie*, j'ai discerné en vous le même courage que celui qui anime Ambrine. Mais j'ai dû me tromper car elle, au moins, ne s'arrête pas aux préjugés…

Il saisit son amie par l'épaule et l'entraîna définitivement vers la sortie. Alors qu'ils étaient dans l'allée, le dos ployé comme si leur cape était tissée de fils de plomb, la voix d'Héloïse éclata :

— Attendez !

Les jeunes gens fixèrent la mirgesse, qui leur fit signe d'approcher. Un regard furtif alentour et elle murmura :

— Une fois le corps déterré, où comptez-vous l'entreposer ?

— Ne dis rien, elle risque de te dénoncer ! prévint Ambrine.

Samuel fixa sa jeune amie ; pourtant, sans la quitter du regard, il opta pour la franchise. Au point où il en était, il voulait encore faire confiance…

— Dans l'appentis de *La Diablerie*. Personne n'osera s'y aventurer.

Héloïse réfléchit fébrilement puis, fixant Ambrine elle lui souffla :

— Toi, tu vas nous éclairer.

S'adressant ensuite à Samuel :

— Je crois qu'il va nous falloir deux pelles pour creuser et un linceul pour le transporter… Allons, avant que le jour se lève.

— Non, un coup de pelle risquerait d'abîmer le corps, et par là même les preuves que nous recherchons. Il faut creuser avec les mains.

Ambrine frissonna devant cette perspective macabre. Les jeunes gens retournèrent à l'intérieur de la maison, laissant à Héloïse le temps de se vêtir.

— Pourquoi avez-vous changé d'avis ? la questionna Samuel.

Pour la première fois, elle le tutoya.

— Ton idée n'est pas folle et je n'ai pas l'esprit aussi étroit que tu veux bien le croire ! Tu as raison sur un point : seule l'audace peut faire avancer la science et je veux bien croire que tu es ce premier fou à tracer un sillon…

Trois ombres quittèrent l'officine et marchèrent, englouties par la brume qui serpentait mollement autour des arbres. Parvenus à destination, les trois complices cherchèrent l'amas de terre fraîchement remuée. Samuel ordonna, à l'adresse de son amie :

— Tourne la tête, je ne veux pas que tu voies ce spectacle !

Ce que fit Ambrine. Sous le halo vacillant de la lampe, Héloïse et Samuel exhumèrent le cadavre.

Lorsque le corps eut disparu sous son drap, le jeune homme s'évertua à remettre la terre en place pour éviter que l'on remarquât son méfait. Escamotée par l'écharpe de brume laiteuse, la procession macabre quitta le cimetière et, peu de temps après, la charrette de la mirgesse les emmena vers *La Diablerie*.

La dépouille fut déposée à même le sol, là précisément où Gédéon avait disséqué un loup. Après quelques conseils médicaux pour préparer le corps, Héloïse prit congé en promettant :

— Je repasserai dès que je le pourrai dans la journée.

Quand elle fut partie, Samuel congédia Ambrine :

— Je dois m'occuper seul de cette tâche ingrate. Rentre chez toi.

Glacée d'horreur, son amie ne se fit pas prier : sa mère devait sans doute s'inquiéter.

Resté seul, Samuel fit bouillir de l'eau, prépara le vinaigre nécessaire à sa pénible besogne…

XXV

LE SECRET DU MORT

Lorsqu'Héloïse reparut à la pause méridienne[18], Samuel avait fini la toilette mortuaire de messire Cléandre. La mirgesse déposa près d'elle une mallette, en sortit des instruments chirurgicaux qu'elle aligna sur le sol. Après avoir délicatement gratté la partie des chairs autour des plaies mortelles, elle observa, à la lueur de la lampe tendue :

— Tu as raison. On voit bien la marque laissée par un coup de lame sur sa côte... Nous allons mesurer sa largeur et sa profondeur.

Réduit à n'être qu'observateur, Samuel resta attentif. Héloïse désigna un instrument :

— D'ordinaire, on mesure succinctement la profondeur d'une plaie au doigt[19]. Ceci est une pige[20]

---

18. Pause déjeuner ou du midi.
19. On enfonçait l'index ou l'auriculaire dans une plaie et l'on disait « une demi-phalange d'index », « deuxième pliure de phalange majeur », ou « auriculaire complet ».
20. Tige graduée médiévale en forme de bâton. C'est de là que vient l'expression « piger » : comprendre, prendre la mesure.

médicale, qui permet de calibrer de manière plus précise des endroits inaccessibles et souvent étroits du corps humain. Je compte sur toi pour noter ou retenir les mesures que je te communiquerai.

Captivé, Samuel acquiesça et suivit minutieusement chaque étape.

Enfin, Héloïse trempa les mains dans une bassine de vinaigre pour atténuer l'odeur qui s'en était emparée.

— Il faut que j'y aille, s'excusa-t-elle.

— Pouvez-vous me confier votre pige ? Sa précision me permettra de mesurer et de comparer plusieurs lames avec la marque laissée sur l'os…

Elle acquiesça, lui tendit l'objet désiré en concluant :

— Je passerai à la tombée de la nuit pour t'aider à le remettre en terre… Que je suis folle de risquer l'enfer pour un inconnu !

— Pas pour un inconnu. Pour la science, rectifia Samuel.

Ils se fixèrent un long moment en silence puis elle quitta les lieux. Il se concentra sur sa tâche.

Ambrine reparut à l'issue de sa journée de corvées.

— Tu n'as rien dit à ta mère j'espère ?

— Tu crois franchement que j'aurais intérêt à lui raconter tout ça ? Elle me tuerait pour t'avoir suivi et elle te tuerait après ! Où est la mirgesse ?

— Elle va revenir à la nuit tombée pour m'aider à le remettre en terre.

Son amie frémit d'horreur à cette perspective mais, attentionnée, elle écouta le récit de ce que Samuel et Héloïse avaient pu déduire de l'autopsie. Ensuite, et pour tromper leur attente, les amis échangèrent quelques hypothèses, mais aussi leurs espoirs.

La nuit était tombée lorsque le grincement de la porte cochère annonça le retour de la mirgesse. Samuel annonça ses conclusions :

— Je crois pouvoir affirmer que l'objet du crime est une serpe. L'endroit où messire Cléandre a été retrouvé jouxte un champ où les ouvriers rassemblent les bottes de paille ; ils se servent précisément d'une serpe.

— Tout cela est bien beau mais cela ne nous dit ni qui a tué cet homme ni pourquoi ; et surtout quelle preuve peux-tu apporter des semaines plus tard ? Tu ne pourras jamais demander un nouveau procès avec des arguments aussi aléatoires ni expliquer comment tu en es venu à cette conclusion. D'autre part, le délai est à présent trop court et tu n'auras plus le temps d'enquêter…

Samuel insista :

— Il nous reste une dernière chance, qui pourrait au moins suspendre ou remettre en cause la sentence : les mouches.

Héloïse et Ambrine le fixèrent avec étonnement. Il poursuivit :

— Mais pour cela il faudrait convaincre le juge, ou au moins l'officier de la garde... Il ne m'a pas échappé que sire Grégoire se languit d'amour pour vous... Si vous pouviez le persuader de rassembler les travailleurs du champ...

La consternation cimenta les traits de la mirgesse. Elle balbutia :

— Attends ! Tu es en train de me demander d'user de mon influence pour... pour quoi d'ailleurs ?

— Pour la science ! Je ne vous demande pas de sacrifier votre vertu, simplement de parler à Grégoire, au besoin d'être persuasive, répondit hardiment l'intéressé.

Ambrine s'était décomposée devant la goujaterie de son ami. Elle craignit le pire mais resta bouche bée en entendant la réponse de la mirgesse :

— Si la vie d'un innocent en dépend... Mais à une condition : que jamais tu n'évoques la manière par laquelle tu en es venu à cette conclusion ; ni que je sois impliquée pour ce que tu sais et que jamais tu ne cites mon nom ! Car sois assuré que je nierai tout en bloc !

Samuel acquiesça. Il exposa son plan et chacun réfléchit à son rôle.

— Passe à mon officine demain avant tierce[21] et nous irons trouver le lieutenant Grégoire ensemble ! Mais pour l'heure, un corps demande à reposer en paix…

Héloïse confia la lanterne à Ambrine et, en secret, le petit groupe retourna enterrer la dépouille.

En chemin, Samuel réalisa un fait : pour la première fois, il avait réussi à aligner une suite d'idées dans le bon ordre : « Observer, analyser, conclure ». Le Diable Noir serait fier de son élève !

*

La mirgesse n'avait pas eu à batailler longtemps pour convaincre l'officier de revenir sur les lieux du crime en compagnie de quelques gens d'armes.

— Pourquoi le Murmureur de cadavres me demande-t-il de réquisitionner tous les travailleurs du champ voisin avec leurs outils ?

— Si ses déductions sont bonnes, vous ne pourrez que vous en féliciter, cher Grégoire ; dans le cas contraire, vous n'aurez assisté qu'à une scène cocasse et instructive, répondit Héloïse.

Par amour, et sans doute aussi parce que sa bien-aimée l'avait assuré qu'elle serait présente, le lieutenant avait

21. Neuf heures du matin.

accepté. En outre, il n'avait rien à perdre sinon deux heures de son temps avec l'espoir que, d'une manière ou d'une autre, il y gagnerait la reconnaissance de la belle mirgesse.

Ainsi, tous se réunirent-ils à l'endroit où avait eu lieu le meurtre, en présence de deux gens d'armes.

Ambrine, qui se tenait au côté de Samuel, pria en silence : ils tenaient là leur dernière chance ; si l'idée de son ami ne portait pas ses fruits, le Diable Noir était perdu à jamais.

Les ouvriers agricoles, qui d'ordinaire travaillaient dans le champ voisin, arrivèrent, étonnés de ce que l'on pouvait bien leur vouloir. Ils avaient été convoqués avec leurs outils. Grégoire se tourna vers Samuel, curieux de ce que le jeune homme avait à dire. Après un regard inquiet à Héloïse, Samuel annonça :

— Il faudrait que chacun des hommes pose devant lui sa serpe et son coutelas.

L'officier répercuta l'ordre et chaque travailleur se délesta de ses instruments. Bien que dubitatif, Grégoire était curieux de ce qui allait sortir de cette procédure inédite.

Il y eut un silence. Samuel fixa les lames.

— Et maintenant ? demanda l'officier, voyant qu'aucune instruction complémentaire n'arrivait.

— Je vais vous demander quelques minutes de patience, souffla Samuel.

Le silence se rétablit et, sans en connaître la raison, on attendit. Ambrine pria le ciel qu'il veuille aider son ami, quand bien même était-il d'une autre foi que la sienne.

XXVI

LA MARQUE DU FER

Mains moites, Samuel priait : pourvu que le miracle opère malgré l'arrivée de l'automne, annonciateur de la fin de la saison des mouches. Les minutes passaient sans résultat. Son anxiété était accentuée par Grégoire, dont la manière de se dandiner d'une jambe sur l'autre témoignait d'un début d'impatience ; par Héloïse, qui feignait la concentration, mais dont les regards clandestins affichaient l'attente incertaine ; enfin par Ambrine, pétrifiée. Une coulée de sueur, comme la caresse d'un spectre, glissa le long de la colonne vertébrale du jeune homme.

Le miracle opéra lorsqu'une mouche à viande vint se poser sur l'une des lames. Samuel attrapa la main d'Ambrine, la serra de toutes ses forces. Il prit comme un cadeau le regard soulagé d'Héloïse ; le fringant officier s'était ressaisi, immobile et attentif. Puis vint une autre mouche, qui virevolta un instant avant de se poser sur le même fer. Comme si à cet endroit précis se trouvait un festin, elles furent peu à peu rejointes par quelques congénères. Le travailleur devant lequel la serpe était posée se mit à rouler des yeux, se demandant sans doute ce que tout cela signifiait.

Samuel lui ordonna de retirer son béret. Interloqué par l'étrange requête, l'ouvrier jeta un regard grelottant à l'officier comme s'il en attendait l'appui. Grégoire confirma l'injonction et l'homme se découvrit.

— Cheveux châtains et courts, constata Héloïse.

— Et ? demanda Grégoire.

Samuel expliqua :

— Les mouches ont un odorat plus aiguisé que le nôtre ; elles sont capables, par exemple, de débusquer des champignons globuleux là où l'odorat humain n'y parvient pas[22]…

— Mais que vient faire une lame de serpe avec un champignon ? coupa Grégoire, visiblement dérouté par ce qu'il entendait.

— Ces lames ont tranché, ramassé, rassemblé le blé durant l'été, elles n'ont donc aucune trace de sang ou de visqueux à leur surface. En revanche, si l'une de ces

---

22. Les mouches, autant que les cochons, sont capables de sentir l'odeur des truffes (que l'on nommait alors champignons globuleux) et les débusquer.

serpes a été en contact avec le corps, même si la lame a été nettoyée sur une toile ou sur l'herbe, elle a gardé des empreintes de sang ainsi que l'odeur de décomposition. Voilà pourquoi les mouches se sont posées sur cette lame en particulier et non sur les autres. De plus, cet homme est le seul châtain : comme le cheveu trouvé sur le corps de messire Cléandre…

Réagissant promptement pour prévenir toute tentative de fuite, Grégoire donna l'ordre de garroter le propriétaire de la serpe. Héloïse s'approcha de l'officier, visiblement reconnaissante :

— Cher Grégoire, votre perspicacité a permis, semble-t-il, de résoudre un crime et de sauver la vie d'un innocent.

— C'est que… bafouilla le fringant, rose de confusion.

— Certes, ceci ne constitue pas une preuve en soi. Mais je ne doute pas que vous allez immédiatement tout mettre en œuvre pour obtenir un nouveau procès, insista la jeune femme.

Flatté, comme s'il réalisait que le mérite allait lui en revenir, le lieutenant salua la mirgesse d'un signe de tête.

— Je m'en vais de ce pas prévenir le juge et faire avouer ce bougre. Pourrai-je venir vous apporter le résultat de l'affaire ?

— J'en serais ravie ! répondit la jeune femme, sincèrement enchantée.

L'officier s'approcha de Samuel :

— Les insectes sont vraiment source de surprises et je ne rechignerais pas à apprendre une ou deux choses de toi…

Après quoi, il prit congé. Héloïse se pencha vers Samuel et lui murmura sur le ton de la confidence :

— L'ai-je suffisamment séduit ? Non seulement tu t'es bien débrouillé, mais tu as tenu ta promesse de ne pas m'impliquer. Merci pour cette collaboration instructive. Je suis heureuse de t'avoir rencontré.

— Le Diable Noir dit que l'on ne rencontre jamais personne par hasard…

— Il est plein de sagesse, ma foi !

Ils se séparèrent sur ces mots. Délivré de sa tension, le jeune homme réalisa que la main d'Ambrine, chaude et rassurante, ne s'était pas séparée de la sienne.

— Viens ! Rentrons ! se contenta-t-il de dire.

*

Samuel avait peu dormi la nuit précédente, ressassant tous les possibles, allant du pire avenir au moins incertain. Il se leva, fit un feu dans la cheminée, prépara le repas qu'il comptait apporter à Gédéon, espérant être autorisé à le voir en pareille circonstance. Pourvu que le lieutenant ait obtenu un report d'audience ! Ouvrant la besace, il en extrait la fiole d'aconit. Songeur, il hésita et dissimula le poison sur l'étagère. Au fond de la gibecière, il enfouit des vêtements propres, qu'il déposerait à son protecteur en même temps que son repas.

Le portail extérieur grinça sur ses gonds.

— Décidément, Ambrine va finir par s'installer chez nous ! s'exclama-t-il.

Il jeta un bref coup d'œil par la fenêtre mais, au lieu de son amie, c'était Gédéon qui avançait dans l'allée. Surpris, Samuel ouvrit grand la porte de la cuisine. Lorsqu'il se trouva face à lui, Gédéon lança :

— Comptes-tu te pousser pour me laisser entrer chez moi ?

Après un moment d'émotion retenue, les deux amis tombèrent dans les bras l'un de l'autre et s'étreignirent interminablement.

— Mais comment… parvint à articuler Samuel.

— L'officier de la garde est entré dans ma cellule ce matin et m'a personnellement libéré. Le coupable a très vite avoué : il se tenait dans le champ et a entendu ma conversation avec messire Cléandre. Après que je suis parti, et désireux de posséder le secret qui transforme le vil métal en or, il a suivi puis agressé messire Cléandre pour le voler. Mais le bourgeois s'étant débattu, l'ouvrier a été pris de panique. Attrapant la serpe qu'il tenait glissée dans sa ceinture, il lui a porté un coup fatal.

— Mais quelle idée saugrenue s'il ne sait pas lire ?

— À ça, il n'a sans doute pas réfléchi sur le moment... Et tout ça grâce à toi… Je suis fier de mon apprenti !

Ils se regardèrent encore, visiblement heureux. Tandis que Samuel, aux petits soins, l'installait à table et lui servait à manger, Gédéon évoqua un souvenir :

— Je me rappelle ce premier jour où je t'ai fait observer cette mouche pondeuse… Comme tu étais contrarié et plein d'ennui !

— J'ignorais alors que vous alliez m'apprendre le monde et que cette maudite mouche allait un jour me permettre de vous sauver la vie ! À ce sujet d'ailleurs…

Samuel s'assit en face du Diable Noir. Il hésita, l'air grave, puis murmura :

— J'ai un aveu à vous faire sur un détail que le lieutenant ignore… Peut-être… Peut-être allez-vous me jeter à la rue après l'acte sacrilège que j'ai commis… Même si je n'en ai aucun regret car ça en valait la peine !

Sa parole, comme son regard, était de plomb.

— Raconte et on verra après…

D'une voix feutrée, Samuel expliqua comment et pourquoi ils avaient violé une sépulture. Gédéon l'écouta jusqu'au bout sans jamais l'interrompre. Puis un sourire apparut sur le visage du Diable Noir, qui se murmura à lui-même :

— Une chrétienne qui aide un juif à sauver un musulman, j'aurai tout vu en ce bas monde !

Puis d'ajouter, en fixant son protégé :

— Ton intuition t'a aidé, mais tu as encore bien des choses à apprendre !

— Dorénavant, je serai bien plus attentionné ! Quand je pense au destin ! Fallait-il que tant de routes se croisent : vous pour m'enseigner ce qui allait vous sauver la vie, Ambrine que je n'aurais jamais rencontrée si le malheur ne l'avait pas frappée et qui s'est montrée si pleine de courage ; la mirgesse Héloïse qui nous a été d'un grand secours, et même cet officier amoureux qui nous a soutenus sans grande logique ! Les fils de nos vies se sont entrecroisés même si les raisons qui nous ont poussés dans cette aventure étaient différentes pour chacun d'entre nous…

— Mais le résultat est là, bien concret ! Cela prouve que les gens, même s'ils viennent d'univers différents, ont tout à y gagner s'ils décident de partager, de s'entraider au lieu de se combattre ; l'éclat qui émane de cette union est comme l'arc-en-ciel : des couleurs différentes qui, placées côte à côte, forment un pont de lumière ! Je te l'ai dit : on ne rencontre jamais personne par hasard ! (Il se leva.) Pour l'heure, je vais me laver pour me débarrasser de la puanteur de la cellule, me changer et me coucher. Aujourd'hui est jour de liesse et de repos. Surtout de repos pour moi, j'ai bien mérité mon lit !

Aux petits soins, Samuel versa de l'eau chaude dans une bassine, qu'il posa sur la table près du nécessaire à la toilette.

— Dormez serein et reprenez des forces. D'ici là, je vais aller annoncer la bonne nouvelle à Ambrine.

L'homme, le dos voûté par la fatigue accumulée ces jours derniers, hocha simplement la tête.

L'ayant laissé seul, Samuel coupa par les bois et se dirigea vers la croisée des tombes. Son amie était déjà là à l'attendre et Samuel lui annonça la bonne nouvelle.

— Je m'en réjouis sincèrement…

Puis, reprenant un ton plus grave :

— Tu sais, je n'ai pas dit à ma mère ce que nous avons fait car elle ne voudrait plus que je te voie. Mais j'avoue que jamais je n'avais vécu une équipée aussi dangereusement exaltante…

— Oui, on peut dire qu'ensemble, nous avons vécu une aventure bien singulière ! Et pour quelqu'un qui me disait un jour n'être rien et n'avoir aucune importance, je te trouve bien hardie !

Elle rit. Samuel s'installa près d'elle et l'aida à confectionner deux couronnes de feuilles mortes, bavardant ensemble comme si rien d'aussi grave ne s'était produit.

Un craquement de branches les fit sursauter : Héloïse arrivait par le sentier. Arborant un sourire apaisé, elle salua les jeunes gens.

— Je suis passée prendre des nouvelles et le Diable Noir m'a indiqué le chemin pour vous retrouver.

Elle découvrit les deux tombes, l'une surmontée d'une croix, l'autre ensemencée de cailloux, mais ne fit aucun commentaire. Elle fouilla dans sa besace, en sortit une paire de petits ciseaux qu'elle tendit à Ambrine.

— Tu m'as expliqué ton travail. Tiens, avec ça, il te sera plus aisé de retirer les bouloches des vêtements.

La jeune fille se saisit gauchement de l'objet, émue aux larmes.

— C'est la première fois qu'on me fait un cadeau si précieux… Si vous avez des tissus à déboulocher, je le ferai gracieusement !

— J'en prends note ! À ce sujet, j'ai une proposition à te faire.

Ambrine se redressa, attentive.

— J'aurais besoin de quelqu'un qui, chaque jour, nettoie mes instruments et range mon officine. Si la tâche t'intéresse, tu pourrais passer ce soir avec ta mère afin que nous en discutions ? Ça ne te prendrait qu'une petite heure ou deux par jour. Mes patients me paient en victuailles, que je partagerais volontiers avec toi en contrepartie de ton travail.

Ambrine était incrédule.

— Mais il y a tant d'objets inconnus chez vous que je ne saurai pas quoi faire avec !

— Je t'apprendrai… Écoute, parles-en déjà à ta mère.

Puis, se tournant vers Samuel :

— Je n'ai aucun emploi à te proposer, mais je ne doute pas que nous nous reverrons. Gardons secret ce que nous avons accompli ensemble et laissons l'avenir nous dire ce que nous ferons de cette collaboration…

Puis elle s'éloigna. Samuel posa la main sur l'épaule de sa jeune amie.

— Viens… allons voir si ta mère a besoin de nous…

Retrouve Samuel, Gédéon et
Ambrine dans une nouvelle aventure
en septembre 2021

LIVRE DEUX

La pierre de folie

CAHIER DOCUMENTAIRE

Les personnages

Si tous les personnages du roman sont fictifs, le fonds historique est réel.

Gédéon, musulman, Noir, venu d'on ne sait où, est qualifié d'alchimiste. Il représente en fait le savoir universel appris, comme il le dit lui-même, au fil de ses voyages et de ses pérégrinations. Dans cette histoire, on ignore tout de lui. Il s'est installé dans un endroit reculé, surnommé *La Diablerie* par ceux qui le craignent au point de ne pas oser croiser son regard. À l'époque, il n'est pas question de « racisme » comme on dirait aujourd'hui, mais de représentation biblique : le roux est associé aux flammes de l'enfer, le noir représente les ténèbres et la mort.

Samuel est juif. On connaît son histoire, puisqu'il la raconte. Au Moyen Âge, les juifs sont obligés de porter un signe distinctif sur le vêtement : la rouelle, une roue en tissu de couleur jaune, équivalent de l'étoile durant la Deuxième Guerre mondiale. Les juifs, accusés par les chrétiens d'avoir « tué le Christ » sont mal vus, mal traités, et souvent condamnés à tort, tout incident étant prétexte. En retirant cette marque infâmante du vêtement de Samuel, Gédéon affiche sa tolérance.

Samuel est jugé par le seigneur de **Valdras**, propriétaire des terres sur lesquelles a été commis le larcin dont on l'accuse. Au Moyen Âge, un seigneur a droit de justice sur les terres lui appartenant.

Héloïse est mirgesse, c'est-à-dire femme-médecin. Elle avoue elle-même n'avoir pas de diplôme universitaire mais a acquis son expérience sur les champs de bataille ou par la pratique au quotidien.

Contexte historique

Progrès de la médecine

Les grands progrès viennent des pays islamiques et de l'Espagne musulmane avec l'enseignement et les écrits d'Avicenne, Averroès ou Abulcasis (l'un des plus grands chirurgiens du monde musulman et l'un des pères de la chirurgie moderne). L'Occident s'inspire peu à peu de ce savoir médical et voit s'ouvrir les premières facultés, où les cours sont dispensés en latin. Les premières écoles de médecine restent sous la coupe de l'Église et le pape interdit la dissection des cadavres ou la profanation des corps.

Peu à peu, une lutte de pouvoirs s'exerce entre laïcs – pour le progrès – et religieux et les premières facultés laïques de médecine voient le jour. Elles se répandent partout en Europe et, souvent, rivalisent par la qualité de leur enseignement. Les étudiants y sont diplômés après un examen pratique et théorique. Les promus « docteur » ont alors le droit de porter la longue robe noire à grandes manches caractéristique.

Pour les actes de petite chirurgie, on fait appel à des « barbiers », souvent plus accessibles que les médecins et qui, en plus de raser la barbe ou couper les cheveux, pratiquent la petite chirurgie : crever les abcès, extraire une dent, recoudre une plaie, retirer des verrues, etc.

L'art de la médecine se scinde en deux spécialités : médecine générale et chirurgie. Une rivalité naît ainsi entre les chirurgiens instruits dans les facultés (seuls autorisés à porter la longue robe) et les barbiers. On va d'ailleurs faire la différence entre eux en les désignant de « chirurgiens à robe longue » pour les lauréats d'universités et « chirurgiens à robe courte » pour les barbiers.

Après les premières dissensions, chirurgiens à robe longue et à robe courte se regroupent en congrégation pour former la « Confrérie de Saint-Côme et Saint-Damien » en 1260.

En dehors de ces professionnels plus ou moins habiles, on compte aussi les guérisseurs ou rebouteux, qui utilisent des remèdes « de bonne fame » (= de bonne renommée, et non « de bonne femme ») et bénéficient de savoirs transmis de mère en fille ou de père en fils. Ils sont connus de tous et on leur fait confiance. Quant aux charlatans (de *ciarlare* = bonimenter, parler), ils vont de village en village, profitant des croyances populaires pour pratiquer illégalement la médecine ou vendre des remèdes miracles sur la place publique.

À cet empilement de guérisseurs s'ajoute la médecine du pauvre : la prière, qui repose sur la foi et les miracles espérés.

Médecine et justice

Pour se soigner, une personne peut payer le médecin à l'acte, mais aussi au forfait pour que le médecin soigne toute la famille durant une année pour un montant convenu. On peut également faire appel à l'avis ou aux soins de plusieurs médecins si on en a les moyens.

Si un patient estime que les soins ont été bâclés, que la facture semble très élevée, ou si lui-même ou sa famille remet en cause les compétences du médecin (par exemple lors d'une mort suspecte), un juge peut être saisi et un procès peut avoir lieu.

Dans ce cas, les parties comparaissent devant le juge, qui ordonne une expertise et désigne des « experts dans leur domaine », à savoir qui se rapporte au litige : une ventrière (sage-femme) en cas de mort consécutive à l'accouchement, un artisan maîtrisant bien un métier, des voisins pouvant attester du bon état de santé de la victime avant sa mort, etc. Chacune des parties désignées par le juge peut à son tour proposer ses propres « experts » pour une bataille d'avis.

Cependant, faute de véritables experts ou de tous les procédés que nous connaissons aujourd'hui (empreintes digitales, ordinateurs, microscopes sophistiqués, tests de laboratoire, autopsie), il est difficile de faire fonctionner la justice avec clarté à cette époque.

Ainsi, pour se prémunir d'un procès, le médecin peut déclarer, soit devant un tribunal, soit par acte notarié, qu'il accepte de prendre en charge tel patient mais, vu son état, ne promet pas de résultats ni n'a la certitude de le sauver. Il peut également établir un acte demandant un « délai de déclaration de guérison » pour éviter que le patient meure après avoir été déclaré guéri et que la famille lui fasse un procès.

La médecine légale

Nous devons à la Chine les prémices d'investigation comme celles décrites dans le roman et nous les connaissons grâce à Gui Wanrong (1170 ? -1260 ?), un fonctionnaire de la dynastie Song qui, en 1211, a rédigé une compilation où il raconte comment un magistrat de l'époque Tang (630-700) résolvait ses enquêtes : *Tang yin Bi Shi* (*Affaires résolues à l'ombre du poirier*).

Au XIIIe siècle, l'autopsie, ou examen interne du corps, est formellement interdite. On ne peut pas compter non plus sur tous les procédés que nous connaissons : empreintes digitales, analyses au microscope, recherche d'ADN, etc.

On se contente de l'examen extérieur du cadavre, souvent sommaire : on déplace le corps sans aucune précaution pour l'emmener à la morgue, perdant ainsi tous les indices ; on l'examine parfois sans le déshabiller ou sans le retourner et à l'aide d'une bougie (seule source d'éclairage).

Si la victime présente une ou plusieurs plaies, on en mesure la profondeur « au doigt » (on introduit un doigt et on dit « quart de phalange, demi-phalange », etc.) ;

on peut également y introduire une bougie très fine et graduée ou faire couler de la cire fondue dans la plaie puis récupérer ce « moule », qui renseigne sur la profondeur de la plaie, ainsi que sa largeur.

Mais la cause de la mort reste souvent évasive, faute de disposer des procédés dont dispose aujourd'hui la police scientifique.

Dans le roman, **Gédéon** n'est ni un alchimiste ni un sorcier ; simplement, ayant beaucoup voyagé, et imprégné de différentes cultures, il a acquis un savoir-faire grâce à son sens de l'observation et de mise en pratique personnelle. Il a également vécu dans des pays où l'autopsie est pratiquée, ainsi aura-t-il pu en voir, en faire ou en tout cas beaucoup en apprendre en fréquentant des médecins. Ou alors a-t-il été médecin lui-même ? Car on ignore tout de son passé… Il a des connaissances en médecine (comme la connaissance de la rigidité cadavérique) et un grand sens de l'observation. Il lit et écrit plusieurs langues, preuve de son savoir étendu. Il cite Pline, Aristote, Théophraste, et de nombreux médecins arabes.

Nous voyons que, parallèlement, il est toujours à l'affût de nouveautés, s'évertue à mettre bout à bout toutes les connaissances dans l'art médical pour tenter de comprendre les mécanismes de la vie et de la mort.

L'horloge à l'envers – Les Travailleurs de la mort

Gédéon a sans doute entendu parler des méthodes d'investigation pratiquées par les Chinois puisqu'il procède avec minutie à l'examen extérieur du cadavre (environnement, indices, position du corps, son état général) et se sert de la ronde des insectes pour remonter l'horloge à l'envers (le terme « entomologie » n'est pas utilisé avant le XVIIIe siècle et on parle alors d'insectologie).

Francesco Redi, médecin, naturaliste italien du XVIIe siècle, est le fondateur de la parasitologie expérimentale. Il démontre la théorie d'Homère selon laquelle l'apparition des vers dans les cadavres n'est pas spontanée mais relève de la ponte des œufs par les mouches. Redi expose à l'air un grand nombre de boîtes sans couvercle, dans lesquelles il place un morceau de viande, tantôt crue, tantôt cuite et de plusieurs variétés : animaux communs à quatre pattes, oiseaux, poissons de mer et de rivière, mais aussi des viandes plus rares comme le lion ou le tigre, fournis par la ménagerie du grand-duc de Toscane.

Le naturaliste observe et voit apparaître plusieurs types de mouches : bleues (*musca vomitoria*), noires chamarrées de blanc (*sarcophaga carnaria vivipara*), mouches communes des maisons (*musca domestica*) et enfin des mouches vert doré (*lucilia caesar*).

En guise de contre-épreuve, il place les mêmes viandes dans des boîtes recouvertes de toile à claire-voie. Il constate que les mouches attirées par l'odeur sont empêchées par la gaze. Elles tentent alors de passer l'abdomen à travers les mailles pour lâcher leurs œufs.

De cette expérience, il apporte la preuve que la mouche ne creuse pas la terre et par conséquent le corps enterré ne peut se corrompre par une ponte sous la terre. C'est donc avant l'enterrement que les mouches bleues et les mouches vertes déposent leurs œufs sur les cadavres, que les œufs non éclos après trois jours sont enterrés avec le mort et c'est là qu'ils se développent.

Toujours par l'observation, Redi constate que tout une **chaîne des Travailleurs de la mort** se succède sur un cadavre resté à l'air libre, toujours dans le même ordre et par vagues successives. Il dénombre ainsi huit périodes depuis le décès jusqu'à la disparition complète du cadavre.

Pourquoi ? La putréfaction se fait par étapes et provoque une série de fermentations diverses, accompagnées chacune d'une émission de gaz odorants, chaque odeur attirant une famille d'insectes bien particulière.

Il arrive un moment où il ne reste plus rien à côté des os qu'une sorte de terreau brun, finement granuleux, mêlé de carapaces de pupes d'insectes ; « tu es poussière et tu retourneras poussière » ; ce n'est que l'accumulation des excréments des générations d'insectes qui, à l'état larvaire, se sont succédé sur le cadavre.

Cette « horloge à l'envers » a très bien été décrite par Jean-Pierre Mégnin. En 1894, il publie *La faune des cadavres*, où il décrit dans le détail ces insectes nécrophages (mangeur de cadavres) dont l'étude permet de dater précisément la mort.

Un autre facteur naturel pour déterminer l'heure de la mort est celui de la rigidité cadavérique (ou *rigor mortis*).

La rigidité cadavérique est un raidissement progressif de l'ensemble des muscles de l'organisme, qui en principe disparaît lorsqu'apparaît la putréfaction, c'est-à-dire au bout de deux à quatre jours selon les circonstances.

Ce processus prend une marche descendante : il débute à la nuque et touche d'abord les petits muscles (qui se trouvent en haut du corps : nuque, cou, muscles du visage) avant de saisir les muscles plus importants situés dans le bas du corps.

La rigidité (à titre indicatif) :

- débute entre 3 et 4 heures après le décès ;
- a envahi tout le corps au maximum 24 heures après la mort ;

- persiste entre 12 et 36 heures;
- disparaît progressivement en 2 ou 3 jours, lorsque la putréfaction apparaît.

La vie de la nature aide en d'autres domaines :

Les animaux donnent des indications sur le temps. Nous le savons, quand les rainettes chantent par exemple, la pluie va tomber. De fait, tous les animaux sont sensibles aux variations : de la pression atmosphérique aux vibrations du sol ; ils ont des « antennes », comme les vibrisses (moustaches) ou des cils. Citons le coq, très sensible aux variations lumineuses, qui va détecter les premiers rayons du soleil avant même qu'ils soient visibles aux yeux des humains.

L'araignée est le meilleur baromètre puisqu'elle annonce le temps jusqu'à quinze jours à l'avance.

Certes, nous le voyons dans le roman, on se débarrasse des animaux nuisibles (renards, taupes, etc.) par des moyens très naturels. Pourtant, tous les animaux sont utiles dans la chaîne alimentaire. Pour n'en citer que quelques-uns :

- les insectes pollinisateurs, qui butinent les fleurs et aident à la fécondation;
- les coccinelles, qui dévorent les pucerons, les insectes nuisibles;

- les grenouilles, qui attrapent des insectes au vol ;
- le crapaud, qui se délecte de limaces ;
- le ver de terre, qui aère la terre et absorbe des matières organiques nocives pour les racines.

De la même autrice

Chez le même éditeur :

- *Ma Vie de monstre,* 2018
  Sélection :
  - Prix Acrolivre (6e-5e) 2018/2019,
  - Prix du roman Historique Jeunesse de Blois 2019,
  - Prix Hautes-Pyrénées Tout en auteurs,
  - Prix Peep 2018-2019,
  - À vos livres, prêts, partez ! 2019,
  - Défi Babelio 2018-2019,
  - Quinzaine du livre (Ligue des enseignants d'Indre-et-Loire) 2019,
  - Prix du Livre Vivant 2019,
  - Prix du Livre jeunesse Ruralivres 2019/2020,
  - Prix Vendée'Lire 2019/2020,
  - Prix Imagin'à lire 2019/2020 (sélection junior).
- *L'Énigme Christophe Colomb,* 2019
  - Sélection Prix du roman Historique Jeunesse de Blois 2020

Chez d'autres éditeurs, en jeunesse :

- *Les Brumes de Montfaucon,* Casterman, 2005, 2010
  - Prix du Roman Jeunesse du ministère de la Jeunesse et des Sports 2005,
  - Prix NRP Collèges 2005,
  - Prix Valcérou sur l'univers médiéval 2006,
  - Prix du Roman Jeunesse de la ville d'Aumale 2006,
  - Prix Lire en Chœur des Lycéens, Nogent-le-Rotrou 2013,
  - Sélection de l'Éducation nationale,
  - Sélection au Prix Gaillan Lecture 2007.

- *Les derniers jeux de Pompéi*, Casterman, 2011, 2014
  - Prix Biennale des collégiens de Pontivy 2013,
  - Sélection de l'Éducation nationale.
- *Inch'allah – Si Dieu le veut*, Casterman, 2010, 2017, 2018
  - Sélection de l'Éducation nationale

  Sélection :
  - Prix du roman Historique Jeunesse de Blois, 2011
  - Prix Passez la 5e 2010-2011
- *Le Mystère des pierres,* Casterman, 2011
  - Prix Fulbert de Chartres, 2011
  - Sélection au Prix du roman Historique Jeunesse de Blois 2015
- *La Porteuse de mots,* Casterman 2014, 2015
  - Prix Ruralivres 2016

  Sélection :
  - Prix Val Cérou 2018
  - Prix du roman Historique Jeunesse de Blois 2016
  - Prix Saint-Exupéry 2015
  - Prix Gayant lecture 2015
- *Quelle épique époque opaque, Ca*sterman, 2013, 2015

  Sélection :
  - Prix Gulli Roman 2013
  - Prix du roman Historique Jeunesse de Blois 2014
  - Prix Sorcières 2014
  - Prix Peep 2014-2015
  - Prix La vache Ki'lit 2014
  - Prix Latulu 2014
  - Prix Dimoitou 2014
  - Prix intercollèges 2014
  - Prix Mosel'lire 2015
  - Grand prix des jeunes lecteurs
  - Prix des lecteurs CM/6èmes de Sablé-sur-Sarthe 2020

- *Par-delà l'horizon, l'enfance de Christophe Colomb,* Casterman, 2013
  - Sélection Prix du roman Historique Jeunesse de Blois 2015
- *Contes et Légendes des 7 merveilles du monde,* Nathan, 2008
- *Les Énigmes du vampire,* Casterman, 2006, 2015
- *Les Explorateurs,* (docs) Casterman, 2012

Documents, essais, littérature générale :

- *Les 200 meilleures ruses de guerre depuis l'Antiquité jusqu'à nos jours*, Pierre de Taillac, 2021
- *À la recherche du tombeau perdu,* Le Cherche-midi, 2020
- *Pour ma maman,* poèmes, Le Cherche-midi, 2016
- *Le Grand livre des pourquoi*, Le Cherche-midi, 2011
- *Le pourquoi des choses*, Le Livre de poche, 2009
- *J'imprime pas, ou 10 méthodes pour se souvenir de tout,* Le Cherche-midi, 2009
- *Navires et navigation aux XIVe et XVe siècles,* l'Harmattan, 1998
- *Histoire du Moyen-âge - V^{e}-XVe siècle,* De Vecchi, 2001
- *Voyage au pays des croisades*, l'Harmattan, 1999
- *Le Tribunal de Guerre du IIIe Reich* (Auguste Gerhards), Le Cherche-Midi, 2014

Rejoignez l'autrice sur son site : www.anne-pouget.fr

Retrouve aussi
chez ScriNeo

MA VIE DE MONSTRE

ANNE POUGET

Vous connaissez le conte de la Belle et la Bête ! Mais savez-vous qu'il s'agit là d'une histoire vraie ?

Catherine (la Belle) et Pierre (la Bête) vivent à la Cour de France, sous le règne de Catherine de Médicis.

L'une de leurs filles, Tognina, a hérité de son père un corps couvert de poils qui en fait, aux yeux de ses contemporains, au mieux une curiosité, au pire un monstre de foire exhibé dans toutes les Cours d'Europe. Comment échapper à ce destin ? Comment vivre ses rêves d'amour et d'aventure, quand on est une vraie jeune fille ? Aura-t-elle seulement le droit de tomber amoureuse ? Et pourquoi pas d'être aimée ?

L'histoire unique d'une jeune fille luttant pour que sa différence ne soit pas une malédiction.

L'énigme CHRISTOPHE COLOMB

Anne Pouget

Voilà sept ans que Christophe Colomb tente de convaincre les Rois d'Espagne de la faisabilité de son projet : atteindre les Indes, qui se trouvent à l'est, en passant par l'ouest. Mais pour cela, il lui faut franchir cette Mer Ténébreuse qu'aucun homme n'a jamais empruntée. Or, il n'a ni renom, ni argent, ni navires… Diego, qui le guette et le suit sur le port, va lui proposer un bien étrange marché…

Vous pensiez connaître Christophe Colomb ?

L'explorateur le plus célèbre au monde reste pourtant une énigme…

Qui était-il vraiment ?

Qui se cachait derrière cet homme aux multiples facettes ?

Imprimé en France par Aubin Imprimeur

Cet ouvrage a été imprimé sur un papier issu de forêts gérées durablement, de sources contrôlées.

Loi n° 49-956 du 16 juillet 1949 sur les publications destinées à la jeunesse, modifiée par la loi n° 2011-525 du 17 mai 2011.

IMPRIM'VERT
Votre imprimeur agit pour l'environnement

PEFC
10-31-1601
Certifié PEFC
pefc-france.org